OLÉSIA.

Paris,
Imprimerie de Cosson,
Rue St Germain des Prés,
N.º 9.

OLÉSIA,

OU

la Pologne;

PAR MADAME LATTIMORE CLARKE.

TOME PREMIER.

PARIS,

MAME ET DELAUNAY-VALLÉE, ÉDITEURS,
RUE GUÉNÉGAUD, N° 25;

CHARLES GOSSELIN, LIBRAIRE,
RUE SAINT-GERMAIN-DES-PRÉS, N° 9.

M DCCC XXVII.

OLÉSIA,

OU

la Pologne.

CHAPITRE PREMIER.

Un soir d'hiver de l'année 1790, de nombreux équipages traver-saient en différens sens la place de Saxe, et chacun d'eux se di-

1. I

rigeait vers un palais d'une grande
apparence qui formait un des an-
gles de cette place, la plus remarquable de Varsovie. Cette ville
n'était pas à beaucoup près ce
qu'elle est aujourd'hui; ses rues
alors étaient mal pavées, mal
éclairées, peu favorables aux personnes que la médiocrité de leur
fortune condamnait à aller à
pied.

La journée avait été extrême-
ment froide; un vent du nord
balayant la neige la refoulait
vers les maisons; ces remparts
nouvellement formés, et glacés
par l'âpreté du soir, rétrécissaient
plusieurs rues au point de laisser
à peine un passage libre pour une

voiture. Une de ces petites rues
donnant sur la place de Saxe,
fut le théâtre d'une scène fort
bruyante. Un traîneau, dans lequel étaient assis deux jeunes
seigneurs polonais, se trouva tout
à coup arrêté par la calèche d'un
colonel russe. Seul au milieu
d'une voiture prodigieusement
haute, cet officier était entièrement enveloppé d'un manteau;
mais les plumes de diverses couleurs qui composaient son pa-
nache, agitées par le vent, éclairées par les rayons de la lune,
laissaient facilement deviner l'é-
tendard auquel il appartenait. Le
Mazowien qui conduisait le traîneau ne put s'y tromper; il était

doué du plus ardent patriotisme,
et, dédaignant même d'entrer en
pourparler avec des gens qu'il
considérait comme les ennemis de
son pays, il se contenta de crier,
d'un ton de hauteur : — Reculez ; reculez, vous dis-je. Son ad-
versaire, vieux Moscowite dont
la barbe rousse descendait jusqu'au milieu de la poitrine, avait
souvent entendu parler de la pré-
pondérance de sa nation sur le
royaume où il se trouvait, et de
l'empire que Catherine-la-Grande
exerçait sur le faible Stanislas ; il
en conclut que les sujets de Catherine-la-Grande devaient se faire
obéir au lieu de céder, et ne répondit à l'injonction du Polonais

qu'en donnant un vigoureux
coup de fouet aux chevaux frin-
gans qu'il conduisait. Le colonel
russe s'était levé; au milieu de sa
voiture vacillante, il ressemblait
au marin qui, ferme sur le tillac
tandis que la tempête gronde,
conserve au sein de la tourmente
un équilibre parfait.

Les deux jeunes seigneurs en-
foncés dans leur traîneau, cou-
verts d'énormes fourrures, occupés d'une conversation qui leur
plaisait, donnèrent d'abord peu
d'attention à cet incident; cependant l'un d'eux, le comte Ladislas G***, plus pressé que
son compagnon d'arriver au ren-
dez-vous brillant où ils étaient

attendus, demanda d'un ton d'impatience pourquoi l'on n'avançait pas.

— M. le comte, répondit le cocher en ôtant son chapeau et le tenant élevé au-dessus de sa tête malgré le froid qui montait à vingt-huit degrés, il y a devant nous un équipage russe qui nous barre le passage.

—Eh bien, reculez.

— Reculer devant un cocher russe !

— En vérité, dit le prince Witold de L***, qui n'avait point encore parlé, la rue est impraticable ; il lui sera presque aussi difficile de reculer que d'avancer ; nous devrions laisser là nos gens se disputer et se retirer comme ils pourront de l'amas de neige où nous sommes enterrés, et, sans s'inquiéter qui l'emportera ce soir de la Pologne ou de la Russie, aller à pied chez la palatine de S***, dont on voit d'ici le palais.

— A pied! cela est impossible; que deviendrait notre chaussure?

— Mais la neige est plus dure que le parquet d'un salon.

— Il me vient une excellente idée, dit le comte Ladislas après un moment de silence; nous avons ici deux laquais qui ont de fort bonnes épaules, faisons-nous porter.

— Quelle mauvaise plaisanterie!

— Point du tout; je vous assure que le mien m'a déjà rendu
ce service plusieurs fois dans des
occasions à peu près semblables
à celle-ci.

Tandis que le comte Ladislas employait toute son élo-
quence pour faire adopter un
moyen que le prince Witold
trouvait fort ridicule, une malheureuse famille juive, composée
d'un homme qui paraissait âgé,
d'une femme et d'un enfant de
seize ans, sortait d'un cabaret à
la porte duquel se trouvaient plusieurs marches; recouvertes par
la neige, elles ne formaient plus

qu'une pente rapide; le vieux juif
glissa, et laissa tomber un paquet
qu'il portait sur ses épaules. L'israélite, à la vue de cette perte,
oubliant le danger, se précipita
pour sauver tout ce qu'il possédait au monde, et fut bientôt lui-
même foulé aux pieds des chevaux. Les cris de l'enfant, les
lamentations de la juive, augmen-
tèrent le tumulte; le colonel russe
descendit de sa calèche, les prin-
ces quittèrent leur traîneau, les
laquais retinrent les chevaux par
la bride, tandis que quelques personnes qui s'étaient attroupées re-
levèrent le pauvre juif, qui avait
perdu connaissance. On le trans-
porta dans le cabaret; là, le rang

et les préjugés furent mis de côté,
et l'on vit de fort grands seigneurs
s'occuper avec anxiété du réta-
blissement d'un être dont la misère égalait la saleté. Lorsque Joachim Lévi (c'était le nom du juif)
eut repris l'usage de ses sens, il
regarda autour de lui avec la plus
grande inquiétude; mais Esther,
sa femme, vint lui rendre la tranquillité en lui présentant le paquet rempli de haillons qui avait
été la cause de sa chute. Joachim,
rassuré, se livra à toute sa reconnaissance; elle fut portée au dernier point lorsqu'il vit le prince
Witold et le comte Ladislas tirer chacun un ducat de leur poche et les donner à son fils Neph-

tali ; enfin, les deux Polonais,
pour se dérober à la bruyante
gratitude de toute la famille, quittèrent le cabaret, et retournèrent
près de leur équipage. Le comte
Ladislas fit un éclat de rire en
voyant les deux cochers impassi-
bles sur leurs siéges.—Voilà deux
misérables qui déploient un grand
caractère, dit-il; on les trouvera
probablement demain au point
du jour pétrifiés à la même place.
S'il y avait quelques degrés de
froid de moins, j'ordonnerais à
l'entêté qui m'appartient d'abandonner son ridicule point d'honneur et de reculer; mais tout cela
prendrait plus de temps que nous
n'en mettrons à nous rendre chez

la palatine d'une autre manière.
Prince Witold, vous avez ici un
de vos gens, imitez-moi, je vous
le conseille; je pars. Alors, s'élan-
çant avec agilité sur le dos du laquais dont il avait vanté la force,
le comte Ladislas se dirigea vers
le palais de la palatine de S***,
sans que celui qui le portait, bon
paysan de Lithuanie, eût l'idée
de faire la moindre réflexion sur
ce nouveau caprice de son maître.
Le prince Witold regarda si le
colonel russe avait reparu; il
n'aurait point aimé qu'il fût témoin d'un pareil spectacle. Le
comte Ladislas venait d'entrer
dans la place de Saxe, elle était depuis peu solitaire et couverte d'une

neige dont la lune éclairait l'é-
blouissante blancheur. Au milieu
de cette scène imposante et silen-
cieuse, le comte Ladislas produisait un effet grotesque ; Édouard
le considéra un instant avec un
sourire de pitié ; puis, enfonçant
son bonnet garni de martre zibe-
line jusque sur ses yeux, et s'en-
veloppant avec soin dans une pe-
lisse de la même fourrure, il che-
mina jusqu'au palais, où il arriva
dix minutes après son ami.

Il était déjà tard ; l'assemblée
était fort nombreuse ; le prince
Witold, après avoir salué la maîtresse de la maison, alla se joindre à un groupe d'hommes qui,
dans un coin de l'appartement,

s'entretenait de politique. On avait reçu, depuis peu de jours, la nouvelle de la mort de l'empereur Joseph II, et l'on savait déjà que son successeur Léopold voulant signaler son avènement au trône en cédant aux vœux de ses peuples, que désolait une guerre malheureuse, allait signer un traité de paix avec la Porte; et, rompant l'alliance que son prédécesseur avait contractée avec la Russie, laissait l'ambitieuse Catherine réduite à ses propres forces pour combattre les Ottomans. La mort d'un grand personnage est un événement de la plus haute importance pour ceux qui s'occupent à balancer les chances que

peuvent produire un changement.
Que de calculs vrais ou faux sont
mis au jour, que de conjectures
se trouvent vérifiées ou démen-
ties par les événemens qui sui-
vent! c'est l'instant de s'établir
une réputation de profondeur en
politique, ou d'attribuer ensuite
à la pénétration ce qui souvent
sera l'effet du hasard.

La Pologne était alors dans le
fort de cette longue crise dont
elle ne sortit que pour être rayée
de la liste des nations; elle ressemblait à un malade jeune encore de force et d'espérance, mais
chez lequel le principe vital est
détruit, et qui lutte en vain contre
la mort. Jouée par la Prusse et

par la Russie, sacrifiée par son propre roi, trahie par quelques-uns de ses grands seigneurs, renfermant dans son sein les haines, les jalousies, les rivalités les plus dangereuses à l'état, elle avait à se défendre à la fois de ses dissensions intestines, et de la perfidie de ses voisins. La majeure partie des Polonais, fidèle jusqu'à la fin à la cause nationale, s'épuisait en nobles efforts. Le peuple entier pressentant la chute de la patrie, demandait à grands cris une constitution et l'hérédité du trône. Le sénat travaillait à satisfaire le vœu public, et préparait un nouvel acte constitutionnel.

On voyait rassemblé dans le

vaste salon de la Palatine ce que
la haute société de Varsovie avait
de mieux. Il y régnait la liberté
la plus parfaite: les divans qui l'entouraient étaient occupés par des
femmes, tandis que les hommes,
circulant dans l'intérieur, s'arrê-
taient par moment où les attirait
le caprice, et se fixaient où les appelait l'affection. L'appartement était
partagé en divers groupes qu'a-
vaient formé les mêmes opinions,
le même âge, ou les mêmes goûts.
Près de la Palatine étaient réunies
toutes les femmes de quarante à
cinquante ans. On y voyait quelques jeunes gens; car, surtout
alors, c'était parmi les femmes
de cet âge que les hommes al-

laient faire l'apprentissage du monde, avant de se lancer dans son tourbillon; c'était en quelque sorte, au sortir des classes, un dernier cours qui complétait les études et perfectionnait l'éducation. Dans ce cercle on médisait peu; on y parlait moins encore de modes et de frivolités. Là, on savait fort bien que l'esprit peut plaire encore, après la perte de ces avantages qui brillent d'un éclat et si vif et si court; c'était à ce don moins éphémère qu'on empruntait tous les moyens de charmer. Tantôt l'examen, la critique ou l'éloge d'une pièce nouvelle donnait occasion d'étaler un peu de savoir et de montrer un

goût pur; plus souvent l'analyse
d'un roman inspirait de ces phrases qui décèlent un cœur tendre
et une imagination exaltée. On les
hasardait sans crainte; car ce n'é-
taient pas ses propres sentimens
qu'on prétendait dévoiler, oh
non, mais on se mettait simplement à la place de l'héroïne, et
l'on parlait d'après le caractère
qu'on lui supposait. En même
temps, quelle délicatesse on laissait entrevoir! quelle manière de
penser élevée, quelle âme noble
on mettait au jour! Que de loyauté,
de franchise en amitié! que de
pureté, de constance en amour!
Tous ces sentimens étaient expri-
més avec une grâce, et surtout

avec un abandon, qui prouvait combien ils étaient profonds et sincères. Quel air de décence sur le visage de toutes ces femmes ! quel calme dans leurs manières ! que de chasteté sur leur front ! Comme les regards qu'elles adressent sont remplis de bienveillance ! comme leurs sourires sont affectueux ! C'est que la plupart d'entre elles ont tout étudié, depuis le choix des mots jusqu'à celui des attitudes et de l'inflexion de la voix; c'est que la plupart connaissent depuis vingt ans la portée d'un regard et d'un sourire; leur cœur est rempli de jalousie; la vanité est le ressort de toutes leurs pensées, et, à la cour du vo-

luptueux Stanislas, leur imagination ne peut être occupée que
d'intrigues ; mais on dit qu'un
bon acteur joue souvent le mieux
les rôles les plus opposés à son
caractère : un théâtre et un salon
ont de grands rapports ensemble.

Le groupe le plus voisin de celui dont nous venons de parler
était composé de très-jeunes femmes, la plupart mariées depuis
peu, et cependant quelques-unes
avaient déjà perdu cette fraîcheur
première à laquelle leur âge avait
encore des droits. Leur taille at-
testait, par un commencement de
maigreur, l'effet que produisent
les veilles forcées ; semblables à
ces roseaux que le moindre souffle

agite, elles se courbaient et cher-
chaient un appui. On voyait sur
leurs joues une nuance emprun-
tée et qui cachait maladroite-
ment le léger cercle noir qui commençait à cerner leurs yeux. C'é-
taient encore des fleurs, mais des
fleurs de la veille, qu'on admire
en regrettant leur primitif éclat.
Pour l'amateur des contrastes, il
était piquant de voir sur ces mêmes visages un air de naïveté, et
parfois une expression qui appartenait presque à l'enfance. Ces
femmes étaient entourées d'hommes de leur âge; et tous ces êtres
si jeunes, si confians dans la vie,
se lançaient avec joie dans le
monde sans rien redouter de l'a-

venir. Ce groupe était beaucoup
plus bruyant que celui que nous
avons déjà dépeint; il y régnait
moins de mesure, les convenances y étaient parfois légèrement
blessées, mais en général on y trouvait beaucoup plus de franchise.
Le comte Ladislas en faisait partie; il donnait à deviner aux jeunes femmes près desquelles il était
assis la manière dont il était par-
venu jusqu'au palais, tandis qu'un
des fils de la Palatine, récemment
arrivé de Pétersbourg, contait à
d'autres la nouvelle du jour, l'histoire fameuse de la princesse Czer-
batow, nouvellement mariée au
comte de Momonow, ancien fa-
vori de Catherine. L'histoire elle-

même, et les réflexions sur la manière dont l'impératrice se ven-
geait de l'indiscrétion de ses
amans, excitaient les éclats de
rire des plus étourdies ; d'autres,
oubliant qu'on ne pouvait plus
apercevoir leur rougeur, cou-
vraient leur visage d'un éventail
étincelant de dorure ; quelques-
unes souriaient en détournant la
tête ; mais toutes ensemble pre-
naient, malgré leur légèreté, les
précautions nécessaires pour que
le cercle raisonnable n'eût aucune
connaissance du sujet de leurs
ris. Lorsqu'un indiscret élevait la
voix, mille signes expressifs le
rappelaient à la prudence : on lui
parlait bas ; on lui touchait légè-

rement la main; l'une lançait de son côté le regard d'une feinte colère, tandis qu'une autre, posant un joli doigt sur des lèvres où régnait le sourire le plus malin, semblait le menacer en riant. Les imprudentes ne savaient pas qu'en associant ainsi de jeunes fats-à leurs innocens mystères, elles établissaient une intimité dangereuse, et leur donnaient sur elles un droit dont ils sauraient un jour tirer parti.

Le dernier groupe de femmes était composé de jeunes personnes de quinze à dix-huit ans; c'était le plus silencieux et le plus triste; on y parlait presque bas, la conversation n'avait rien de suivi, on y prononçait par intervalle des monosyllabes dont l'accent était aussi doux que timide. Parmi ces jeunes personnes, il y avait quelques hommes de quarante ans, et beaucoup de soixante, qui, fatigués de discussions politiques, étaient venus s'y reposer; et là, nonchalamment assis dans de moelleux fauteuils, ils gardaient un profond silence en laissant errer leurs regards à l'aventure. Quelques-uns, cependant, essayaient par leurs questions, ou par un récit attachant, d'animer ces charmans visages, sur lesquels régnaient tant d'innocence et de pudeur. Ils étaient accueillis avec tous les indices d'une timidité excessive ; des yeux baissés, un maintien embarrassé, une grande rougeur ; mais lorsqu'une plaisanterie aussi fine que spirituelle se faisait entendre, lorsqu'un mot était propre à inspirer de la gaîté, toutes ces roses relevaient la tête et montraient dans tout son éclat leur brillante fraîcheur.

Le prince Witold, après avoir écouté quelque temps de sérieuses discussions sur l'état où se trouvait alors la Pologne, vint se placer près du groupe des jeunes filles, et les regarda quelques minutes sans parler. Au moment où il s'approcha, une d'elles laissa tomber son éventail et se baissa pour le relever ; puis, mettant

une de ses mains sur son visage,
comme pour réparer le désordre
que cette action avait produit dans
sa chevelure, elle déroba de cette
manière la rougeur qui venait de
couvrir son front. Elle se nommait
Olésia ; c'était la fille de la palatine
de S***, et elle se faisait remarquer, au milieu des jolies blondes
dont elle était entourée, par la
régularité de ses traits, l'expression de ses grands yeux noirs, et
l'ébène brillant de sa chevelure.
Le prince Witold, après avoir un
instant promené ses regards sur
ses compagnes, les avait fixés sur
elle ; mais il était impossible de
lire sur son visage si c'était l'effet du hasard ou de la préoccu-

pation. Le comte Ladislas vint le
surprendre dans sa rêverie, et lui
demanda en riant quelles étaient
les réflexions qui l'occupaient si
profondément.—Elles sont bien
simples, répondit Witold, et toutes produites par les objets que
j'ai devant les yeux. Je pensais
que ces jolies têtes, sur lesquelles
je domine puisque je suis debout,
ne renferment encore que des
idées à elles, et ne sont parées
que de cheveux qui leur appar-
tiennent aussi. Je pensais que,
lorsque l'une d'elles laisse timi-
dement échapper quelques mots,
chaque parole est sincère, et que
chaque mouvement des lèvres
laisse entrevoir des dents qui sont

vraies aussi bien que les discours.

— Mais, dit le comte Ladislas en souriant, ne pensez-vous qu'à cela ?

— Je pensais encore, répondit Witold avec le plus grand sang-froid, qu'il est impossible de percer le mystère qui enveloppe la destinée des femmes; celle des hommes est infiniment plus facile à deviner, surtout dans notre rang. Nous appartenons à notre pays; mais les femmes, semblables à ces astres errans qui se lèvent sur un point du ciel, y brillent un moment et disparaissent; les femmes sont sujettes à toutes les vicissitudes qu'occasione une condition dépendante; obligées de suivre en tout lieu celui qui leur donne un nom, d'adopter son pays, ses usages, elles n'ont réellement en propre ni rang, ni nom, ni patrie, et je songeais que, parmi les jeunes personnes qui font aujourd'hui l'ornement de Varsovie, beaucoup sont destinées à vivre loin de la Pologne.

— A merveille, dit le comte Ladislas; vous raisonniez au lieu de sentir. C'est la différence qui a toujours existé entre nous. — Eh bien! mademoiselle Olésia, ajouta le comte en s'adressant à la jeune personne que nous avons déjà nommée, et qui semblait avoir écouté leur conversation, n'êtes-vous pas effrayée du triste pro-

nostic dont le prince Witold vient
de charger votre avenir? car enfin
vous serez peut-être un de ces astres errans dont il nous parlait
tout à l'heure. Vous avez seize
ans; dans cinq ans probablement
vous serez mariée; où voudriez-
vous être alors? — Où je suis
maintenant, répondit Olésia en
rougissant, dans cette ville; elle
me plaît beaucoup, et mes goûts
ne sont pas changeans.

Le comte Ladislas avait tout
ce qu'il faut pour réussir dans le
monde : son esprit, sans être
profond, était rempli d'agrément
et de vivacité. Le langage du grand
monde était son idiome natal. Il
le possédait parfaitement, mais il

n'en avait point étudié d'autre, et
partout ailleurs son accent l'aurait trahi. Il saisissait avec une
merveilleuse facilité l'esprit de
chaque coterie, et plaisait à tous
les partis. Son caractère cependant avait de la franchise; mais
il était d'un âge où les opinions
sont outrées, ou ne sont point
encore formées; et le comte Ladislas, léger, superficiel, craignait
les discussions et n'approfondis-
sait rien. Il était de ces êtres que
tout le monde aime, non parce
qu'on leur reconnaît des qualités
transcendantes, mais parce qu'ils
ne gènent l'amour-propre de personne. On lui pardonnait jusqu'à
ses conquêtes, que le monde di-

sait cependant fort nombreuses;
mais il les poursuivait en riant,
les quittait sans chagrin, ne se
vantait jamais de ses victoires, et
dans la grande compagnie, où le
tact indique la manière différente
de juger les mêmes choses, il eût
semblé ridicule d'attacher à ses
galanteries plus d'importance que
lui. Recherché par les femmes
les plus élégantes, sa présence fut
une espèce de triomphe pour le
jeune groupe auquel il daignait
accorder quelques instans. On
accueillit son amabilité avec cette
coquetterie d'instinct innée chez
la plupart des femmes. Tandis
qu'il brillait au milieu de cet
aréopage ingénu, le prince Wi-

told causait avec Olésia. Il n'existait entre eux aucun mystère :
leur conversation ne roulait que
sur des lieux communs; cependant ils causaient à voix basse;
car leur cœur, qui n'était pour
rien dans les mots dont ils se
servaient, était tout entier dans
leur accent.

Le prince Witold de L*** n'é-
tait point naturellement aimable
comme l'était le comte Ladislas;
mais ayant infiniment d'esprit, il
était tout par étude. Son ambition était immense: elle embras-
sait tous les points; seulement,
chacun des buts qu'elle se proposait était noble. Il aspirait à tous
les genres de gloire, et ne voulait

parcourir qu'un chemin droit et
tracé par le plus strict honneur.
Ses passions fougueuses, son caractère âpre et rempli de raideur,
exigeaient de lui une surveillance
continuelle. Son esprit veillait
sans cesse, et ce n'était que par la
force de son âme qu'il vivait en
harmonie avec le monde, et n'y
paraissait point déplacé. Semblable à ces statues colossales qui
sont créées pour les lieux élevés,
le prince Witold ne produisait
aucun effet dans la foule; mais si
quelque circonstance inattendue
le plaçait à sa véritable hauteur,
on admirait avec justice l'étendue
de ses facultés et les ressources de
son génie. Les lois de son pays,

si favorables à la noblesse, avaient souvent été l'objet de ses méditations. Dans un royaume où le trône est électif, les espérances d'un ambitieux ne doivent point connaître de limites. Le prince Witold avait vingt-deux ans; à cet âge, on ne peut avoir encore formé des projets bien sérieux, mais l'imagination n'est que trop portée à en adopter de gigantesques. Issu d'une des plus illustres familles de la Pologne, il était accueilli partout avec empressement, sans être aimé. Dans le monde, lorsqu'on a trop souvent raison, il faut le cacher avec adresse, et le prince Witold n'y songeait pas. Quoiqu'il n'eût en-

core rien fait de remarquable,
c'était un des hommes dont on
s'occupait le plus. S'il causait, le
lendemain ce qu'il avait dit était
le sujet d'un examen critique; les
jeunes gens de son âge redisaient
ses pensées les plus spirituelles
avec un air de reproche, comme
s'il les leur cût dérobées. Parlait-
on de ses succès auprès des femmes
ou à la cour, on les niait; car on
ne veut rien accorder à celui qui
semble destiné à tout obtenir. Il
y avait contre lui, dans la société,
un accord général d'opinions, une
espèce de conjuration tacite dont
tous les membres s'entendaient,
sans s'être jamais expliqués, et
qui, pour le juger avec sévérité,

semblaient attendre impatiemment qu'il eût commis une faute. Mais, nous l'avons déjà dit, le prince Witold, toujours en garde contre lui-même, et doué d'un grand talent d'observation, déjouait avec facilité les piéges que lui tendait l'envie, et changeait souvent le blâme qui désirait l'atteindre, en éloges qu'on se voyait contraint de lui accorder. Cette surveillance continuelle sur ses passions et sur les passions des autres, eût fatigué tout autre caractère; le prince Witold en souffrait parfois, mais il y trouvait trop d'avantages pour avoir l'idée d'y renoncer.

L'entretien de Witold et d'Olésia fut interrompu pendant quelques instans; ils prêtèrent l'oreille l'un et l'autre au récit du comte Ladislas, qui racontait, non sans l'embellir, l'événement de la soirée, et son imagination romantique faisait d'un commun accident, dont les héros n'avaient rien d'intéressant que leur misère, l'histoire la plus attendrissante. Toutes les jeunes personnes furent émues; Olésia, se retournant vers le prince Witold, lui dit en souriant, et à voix basse, Tout cela est-il bien vrai?

— Comment! dit Witold en souriant à son tour, révoquez-vous en doute notre humanité?

Olésia rougit, et, s'embarrassant

de plus en plus, elle répondit avec timidité: «Si c'était vous qui eussiez raconté l'histoire, je n'en aurais pas douté. » A peine eut-elle prononcé ces mots, qu'elle sentit toute leur inconséquence; et reprenant l'air calme qui lui était habituel, et le sang-froid qui la quittait rarement, elle ajouta: «Le comte Ladislas est votre ami intime, il est mon cousin, nous le connaissons l'un et l'autre depuis l'enfance, nous connaissons aussi ses excellentes qualités et les légers défauts que le temps lui ôtera. Lorsqu'il plaisante, on pourrait l'accuser d'exagérer quelquefois; mais on y est tellement habitué qu'il ne trompe personne. Sa ma-

2*

nière de raconter est si terrible
ou si gracieuse, qu'on serait presque tenté de le remercier de la
peine qu'il se donne pour produire d'agréables ou de pénibles
impressions.

— Sans doute, reprit le prince
Witold avec un sourire un peu
chagrin, il a raison, puisque vous
l'approuvez, et que dans le monde
l'essentiel est de plaire. Un récit
est, à l'événement raconté, ce
qu'un tableau est à la nature ; et
le comte Ladislas fait fort bien
d'user du privilége de certains
peintres, qui, ne pouvant donner
la vie et le mouvement à leurs
copies, s'en dédommagent par le
coloris ; ses histoires se rappro-

chent de la vérité autant que la plupart des femmes ressemblent à leur portrait. Olésia put à peine retenir un sourire, lorsqu'elle vit que tout en parlant, le prince Witold avait machinalement jeté les yeux sur un grand tableau qui se trouvait en face d'eux, et qui était censé représenter une de ses tantes. — Le peintre, ajouta-t-il en changeant la direction de ses regards, conserve la forme des traits, mais il agrandit les yeux, diminue sensiblement la bouche, pose sur les deux joues et vers le bout du menton le vermillon de la rose, amincit la taille, donne de la rondeur au bras, rapetisse le pied, et place cette jolie création

dans un jardin bien vert, et sous
un ciel bien bleu. — Un critique
malveillant demanderait peut-
être un peu plus d'exactitude ;
mais.... — Mais, dit Olésia en
riant, le modèle et les amis sont
contens, et c'est tout ce qu'il faut,
puisque, comme vous le disiez
tout à l'heure, dans le monde
l'essentiel est de plaire.

— Je crois cependant, reprit le
prince Witold d'un ton beaucoup
plus sérieux, qu'on peut trouver
dans le monde et même parmi
les femmes, des personnes qui
avant tout, et par-dessus tout,
aiment le vrai dans son attar-
chante simplicité; dont les yeux
sont habitués à voir juste, et dont

le jugement, n'importe sur quel objet il s'exerce, est toujours sûr. Ces personnes ne peuvent approuver l'exagération et le mauvais goût que par indulgence. — Il me semble aussi, ajouta le prince en jetant sur Olésia un regard observateur, que ces personnes-là doivent apprécier les caractères plus austères que brillans, plus sincères qu'adulateurs ; elles songent sans doute que la vie entière ne se passe pas dans un salon, et donneraient la préférence aux qualités qui viennent de l'âme sur les agrémens que donne l'esprit. — Ne le pensez-vous pas ? Olésia hésitait et ne répondit rien ; le prince Witold reprit d'une voix

plus basse et plus émue,—Je vous
demande simplement votre opinion sur deux genres de caractères que j'ai choisis au hasard.
Qui vous porte à craindre d'é-
noncer un jugement? Cette dernière question fut faite d'un ton
fort tendre. Olésia leva les yeux,
elle allait répondre, lorsque l'expression des traits du prince l'arrêta; il y avait encore un peu
d'émotion dans ses yeux, mais
on y voyait en même temps une
inconcevable distraction. Dans
ce moment le salon retentissait
d'éclats de voix qui partaient
tous du groupe des politiques.
Le nom de Lucchésini était souvent prononcé; quelques-uns por-

taient aux nues ce ministre de
Prusse, tandis que d'autres l'ac-
cusaient de mauvaise foi. Tout à
coup Witold quittant brusquement Olésia se précipita vers l'endroit du salon où la discussion
s'était élevée. — Lucchésini! dit-
il; puis il s'arrêta, voyant tous
les regards se diriger vers lui; et,
craignant de se laisser emporter
par ses premières impressions, toujours si vives, il garda quelques
minutes le silence; puis parlant
à son tour : — Messieurs, dit-il
avec le plus grand calme, au lieu
de nous épuiser en conjectures
sur les propositions de la Prusse,
sur leur sincérité et sur les résul-
tats d'un traité qui n'est point

encore adopté; au lieu de calculer
les raisons qui l'engageraient à
le rompre lorsqu'il aura été con-
clu, nous devrions forcer cette
puissance à n'avoir plus de torts
envers nous, en nous montrant
aux yeux des autres nations avec
tout le pouvoir que donne la con-
corde. On trahit le faible, point
le fort. Notre position présente-
rait de grands avantages si nous
savions en tirer parti. Catherine,
obligée de soutenir en même temps
une guerre contre la Turquie et
une autre contre la Suède, nous
ménage. Elle voulut d'abord nous
imposer l'ordre de nous allier
avec elle; elle osa, au mépris de
nos plus sûrs intérêts, nous pro-

poser une alliance offensive et défensive contre la Turquie ; elle fut refusée. Ayant réduit ses prétentions à un secours de trente mille hommes de cavalerie noble, elle essuya la honte d'un second refus. Comptant sur l'appui de la Prusse, nous ne gardâmes plus de ménagemens, et nous enjoignîmes à l'orgueilleuse despote de retirer ses troupes de notre territoire. Elle a rappelé son armée. Elle dissimule et nous cache sa colère ; mais Catherine n'a jamais pardonné. Voilà donc le moment de secouer le joug que la Russie nous prépare dans l'avenir, et de forcer les projets que la czarine a conçus contre la Pologne à

rentrer dans la foule des rêves
ambitieux qu'elle ne réalisera jamais. Deux guerres accablent la
Russie. Catherine se lassera de
ses victoires ruineuses ; si elle a
trop d'orgueil pour demander la
paix, elle saura se la faire offrir ; et
débarrassée de la Suède et de la
Turquie, nous serons en butte à
sa vengeance ; mais nous avons le
temps de la prévenir. Lucchésini
nous propose une alliance for-
melle avec son maître. — La
Prusse, dit-il, s'engage solennelle-
ment à nous assister de ses secours si quelque puissance étran-
gère voulait s'attribuer le droit
de se mêler des affaires intérieures
de la république de Pologne ou

de ses dépendances. Je le répète :
au lieu de calculer si cette alliance
est présentée avec sincérité, si
elle aura de la durée, il faut tra-
vailler à la rendre utile et con-
stante. Nos plus grands ennemis
ne sont point au dehors. Étei-
gnons sous nos pieds le fatal ti-
son que la discorde jeta dans
notre patrie ; que les querelles de
famille à famille disparaissent devant la grande querelle nationale.
Les Polonais unis seront invin-
cibles. Nous n'avons point dé-
généré de la valeur de nos ancêtres ; tous nos jeunes concitoyens
sont remplis d'amour pour leur
patrie. Il fut un temps où la Pologne, au lieu de craindre la Russie,

savait lui donner des lois , et....

— Et il fut un temps, dit un comte Félix P... en interrompant le prince Witold, où la Russie nous donna un roi; ce temps n'est pas encore éloigné; cependant le prince Witold semble l'avoir oublié.

— Je voudrais pouvoir oublier que la Pologne a eu des traîtres ainsi que des grands hommes; mais nous devons tous espérer qu'aujourd'hui elle n'aura que des défenseurs.

—Notre malheureuse position géographique nous exposera toujours à recevoir la loi de nos voisins, dès qu'il y aura entre eux quelque accord, reprit le comte P. d'un ton insouciant et léger. Mais

n'êtes-vous pas aussi fatigué que
moi, ajouta-t-il en se retournant
vers un de ses voisins, de nos
éternelles disputes? Nous formons
des tempêtes politiques, pour
avoir le plaisir de conjurer l'orage;
les plus jeunes deviennent les plus
savans. Dans ce moment-ci nous
goûtons une tranquillité parfaite.
Rien ne nous porte à prévoir le
danger; au lieu de jouir, nous
nous créons des inquiétudes chi-
mériques; la manie de prédire
s'est emparée de tous les esprits.
Dès que nous sommes en paix avec
nos voisins, les divers partis com-
mencent à se déclarer la guerre,
et chez nous le temple de Janus
n'est jamais fermé; heureusement

le peuple ne partage point notre effervescence. Les grands de Pologne ressemblent aux anciens prêtres d'Égypte; c'était au sein de leur caste seule que se conservait le dépôt des sciences et la religion. Nous devons réellement dans ce moment-ci rendre grâce au ciel du peu de progrès de la civilisation en Pologne; c'est là ce qui nous épargne des horreurs pareilles à celles qui se passent en France

— M. le comte, reprit le prince Witold, en remerciant comme vous le ciel d'avoir garanti ma patrie des maux qui pèsent maintenant sur la France, je souhaiterais au peuple polonais

un peu moins d'apathie; je dési-
rerais qu'il eût une opinion à lui,
au lieu d'adopter toutes celles
qu'on lui donne. Je voudrais aussi
que nos paysans ne ressemblas-
sent pas à des machines que chaque seigneur fait mouvoir à son
gré; j'aimerais assez qu'au lieu de
se battre aujourd'hui pour la Pologne et demain pour la Russie,
sans remarquer que la couleur de
leur étendard est nouvelle, ils s'a-
perçussent qu'on l'a changée. Au
reste ce sommeil moral peut avoir
ses avantages; car il y a des hommes qui cherchent la nuit pour
exécuter leurs projets.

—Vous avez raison, prince Witold, répondit le comte P... tou-

jours du même ton d'insouciance; il y en a d'autres dont l'ambition éclate à tous les regards malgré leur adresse à la cacher. Pour ceux-là les jours de tumulte sont des jours de fêtes; ils y sont d'une grande utilité, car ils pousseraient la grandeur d'âme jusqu'à se faire nommer publiquement pour apaiser des troubles qu'ils auraient fomenté en secret.

— Honte aux ambitieux dont l'intérêt personnel est le but! s'écria le prince Witold; pour moi, je me croirais le plus vil des hommes, ajouta-t-il en regardant fixement le comte P..., si mon ambition était plus forte que mon amour pour mon pays; mais,

grâces au ciel, elle est assez élevée
pour que je puisse l'avouer tout
haut. Je préférerais l'obscurité la
plus complète à la célébrité
qu'une faute me ferait acquérir.
Le prince Witold regardait toujours le comte P...; mais celui-ci
depuis quelques minutes avait
pris l'attitude d'une personne qui
n'écoute plus; ses regards se pro-
menaient naturellement sur les
femmes qui embellissaient le salon. Les lèvres minces et serrées du
prince Witold se rapprochèrent
encore davantage, et l'on vit sous
ses moustaches à peine formées
une vive expression de mépris.

La nuit était fort avancée; les
femmes prirent peu à peu congé

de la Palatine; les hommes vinrent la saluer, tandis que d'autres, improvisant la mode qui fut adoptée dans la suite, s'esquivèrent sans adieu. Bientôt il ne resta plus dans le salon que la famille; Olésia vint baiser la main de sa mère; chacun se retira. Des laquais, quittant à regret les banquettes de l'antichambre, où ils sommeillaient depuis quelques heures, vinrent, à moitié endormis, éclairer leurs maîtres, et bientôt le vaste palais de la Palatine de S*** fut plongé dans la plus parfaite tranquillité. Tandis que ses habitans reposent, nous en ferons connaître les principaux personnages.

CHAPITRE II.

La Palatine de S*** était bien née; sa famille assez illustre, mais ruinée depuis long-temps, était originaire de Lithuanie. Elle perdit les auteurs de ses jours dès ses premières années. Conduite à Varsovie par une de ses tantes, on l'accueillit avec intérêt. Sans

posséder une beauté parfaite, son
visage était rempli d'expression.
Il y avait dans sa personne beaucoup d'élégance, et cet abandon
gracieux qui séduit par le charme
irrésistible du naturel. Son caractère semblait une réflexion de sa
personne; il y avait dans son esprit plus d'élégance que de hauteur, et l'on retrouvait dans ses
pensées la grâce, l'abandon, la
mobilité de ses manières. Douée
d'une sensibilité excessive, au
lieu de mettre un frein à ce penchant, elle s'était plue à l'exalter;
il en résulta que sa vie entière ne
fut qu'une suite continuelle de
sensations, la plupart du temps
produites par des causes puériles.

La sensibilité est sans contredit le présent le plus précieux et le plus funeste que les femmes aient reçu du ciel. Par elle, leur pitié, leur dévouement, leurs consolations semblent participer de la bonté divine, et elle est en même temps le charme de leur vertu, et la cause de la plupart de leurs torts. La Palatine de S***, peu capable de réflexions sérieuses, n'avait jamais pensé que, s'il nous est impossible de maîtriser nos sentimens, nous devons au moins essayer d'en diriger l'action. Elle ne songeait pas que nos facultés s'usent, que nos impressions s'émoussent ; elle les prodiguait sans discernement ; aussi la vit-on

plus d'une fois répandre des
pleurs abondans sur une infortune vulgaire, et s'étonner de
n'avoir plus de larmes pour un
véritable malheur. L'excellence
de son cœur, la douceur de son
caractère, son enjouement et ses
charmes séduisirent le Palatin de
S***; il l'épousa. Le Palatin était
bon, confiant, distrait; elle le rendit fort heureux.

Il y avait dans les qualités de
la Palatine et dans ses défauts
tout ce qui constitue une femme
faible; néanmoins sa conduite fut
irréprochable. Elle traversa le règne de Stanislas-Auguste et vécut
à la cour licencieuse de ce prince;
mais la Providence veilla sur elle

d'une manière particulière, et la plaça hors de ces circonstances qui font la destinée des femmes. La mobilité de son caractère et les habitudes sociales qui la dominaient la servirent beaucoup. L'adorateur de la veille était oubié pour une quête au profit d'un hôpital. Une missive amoureuse restait sans réponse, car il fallait employer tous ses instans à apprendre un rôle dans une pièce qu'on devait jouer au profit des pauvres, etc., etc.

La Palatine de S***, lors de son mariage, passa d'une position gênée à une grande opulence, sans en éprouver d'étonnement; elle était si jeune qu'elle avait à peine

eu le temps de désirer ; ce fut un
malheur. Son caractère, pour se
former, aurait eu besoin d'adver-
sité ; il eût acquis cette fermeté,
cette sobriété de goûts que les pri-
vations donnent. Bien loin de là,
ses caprices n'eurent point de bor-
nes ; elle les satisfit sans réflexion,
et n'en calcula jamais les suites.

Dans les premières années de
son mariage elle donna le jour à
deux fils. L'aîné, à l'époque dont
nous parlons, venait d'atteindre
sa vingt-quatrième année. Il y
avait peu d'élévation dans son
âme et beaucoup de sécheresse
dans son cœur ; l'ambition se joi-
gnait à ces deux défauts. Ainsi
guidée, cette passion ne peut pro-

duire que du mal. Il hasardait tout pour se faire remarquer; sa vanité inquiète et changeante l'aveuglait sur les travers qu'il *se* donnait.

Son frère, plus jeune de trois ans, avait toutes les vertus qui composent le bonheur domestique, et tous les talens qui n'ont pas besoin d'éclat. Profondément instruit, il cherchait des délassemens dans la littérature; c'était à ses yeux la fleur la plus fraîche de l'étude; mais il ne la cultivait que dans ses momens de repos. Poussé par la tournure de son esprit vers des conceptions plus sérieuses, il apprenait dans la philosophie antique à fortifier son

3

âme, à combattre ses passions. Il
trouvait, dans des préceptes tra-
cés depuis deux mille ans, une
route qu'on peut suivre encore; car
la vérité est éternelle, et l'homme
n'a point changé de maux.

Lors de son mariage, la Palatine avait ardemment désiré une
fille; huit années s'écoulèrent, et
ce souhait passionné ne fut point
accompli. A cette époque, elle devint grosse, et tous ses vœux, toutes ses prières, toutes ses offran-
des portèrent le même désir vers
le ciel. Elle dota de jeunes orphe-
lines, elle maria de pauvres filles,
elle enrichit les églises d'ornemens
précieux, elle paya les réparations
d'un monastère, et ses joyaux les

plus magnifiques furent envoyés aux diverses vierges miraculeuses qui se disputent la crédulité polonaise. Tout ce mouvement, toutes ces inquiétudes, jointes aux veilles et aux fatigues du grand monde, altérèrent visiblement sa santé. Son médecin lui ordonna, comme deux choses éminemment nécessaires, le repos le plus absolu et l'air de la campagne. Elle partit pour une terre qu'elle possédait dans la Galicie, à quelques milles de Cracovie, laissant ses deux fils avec leur père et un gouverneur français. On était alors dans l'année 1773; il y avait déjà quelques mois que le traité de partage avait été signé entre Frédéric,

Catherine et Marie-Thérèse. Le
malheureux pays qui venait d'être
ainsi indignement morcelé était
en proie à tout le délire d'une colère juste et impuissante. Stanislas protestait contre le partage de
son royaume ; il oubliait le pouvoir de la Russie et l'esclavage auquel son avènement au trône l'a-
vait réduit. Il assembla vainement une diète, et vainement aussi
les députés polonais essayèrent de
résister; la terreur vainquit les
uns, la séduction gagna les autres, et ceux qui étaient inaccessibles à la crainte ou à la corrup-
tion, succombant sous le poids de
leur indignation et de leur désespoir, quittèrent momentanément

la Pologne. Les chefs de la confédération de Barr, exilés ou cachés dans leurs terres, voyaient leur espérance anéantie, et pour prix de leur dévouement à leur patrie, ne souhaitaient plus, ne demandaient plus que l'oubli. Sur ces entrefaites, le Palatin de S*** fut envoyé en Russie. Ce voyage fut long, et les deux époux, qui s'étaient éloignés dans l'espérance de se revoir au bout de quelques mois, furent séparés pendant deux ans. A leur première entrevue, la Palatine présenta aux caresses empressées de son mari une petite fille de dix-huit mois qu'elle avait nourrie, et dont la beauté angélique promettait tout ce qu'elle fut depuis : c'était Olésia. A l'époque où commence ce récit, elle venait d'avoir seize ans. Dans le grand monde, on vantait ses charmes ; dans la société habituelle de sa mère, on louait son esprit et la diversité de ses talens ; dans l'intimité, on oubliait qu'elle était belle, spirituelle, instruite, pour ne remarquer en elle que la plus touchante bonté. On eût dit qu'elle avait été créée pour démentir ce triste adage, que rien n'est parfait sur la terre. En la voyant, l'imagination croyait retrouver une des plus jolies productions de ses rêves, un de ces êtres aériens qui, dans nos songes fantastiques, passent souvent avec rapidité devant nos yeux abusés et ravis. Douée de cette flexibilité d'organes qui produit l'instruction et les talens, elle possédait encore l'aptitude et la persévérance qui assurent les succès dans le travail. Elle avait étudié, non comme la plupart des femmes de cette époque, pour briller d'un éclat trompeur, non avec cette légèreté qui effleure tout et n'approfondit rien, ni avec cette curiosité oisive qui cherche en vain une ressource contre l'ennui, mais pour l'étude elle-même, pour ses charmes toujours nouveaux. Dans l'âge des illusions, elle dédaignait déjà le bruit, et son esprit pénétrant lui disait

qu'on se lasse du monde et des
hommages comme de tout ce qui
est inutile et vain. Une grande
ressemblance de caractère, une
grande conformité de goûts, l'a-
vaient liée intimement avec le
plus jeune de ses frères. Henri,
tranquille et sédentaire, était toujours à ses côtés; ils travaillaient
ensemble, ils causaient, et leurs
idées jeunes et brillantes, s'élan-
çant loin de la réalité, peuplaient
une sphère imaginaire d'êtres aimables et bons comme eux. Ils
ne connaissaient encore aucun
malheur, aucune peine, et l'instinct les poussait déjà hors des limites de la vie; pour goûter un
bonheur parfait, ils créaient un

monde nouveau et l'embellissaient à leur gré. Olésia, sensible,
douce, belle comme un ange, parée de tous les avantages que
donne une éducation soignée, était
idolâtrée par sa mère. La Palatine
ne concevait pas de plus grand
bonheur que de contempler sa
fille, brillant dans les assemblées
les plus élégantes de Varsovie;
elle ne voyait pas dans la foule
curieuse qui se pressait pour la
regarder danser ou pour écouter
sa voix, autant de jaloux que d'admirateurs. Olésia, timide, remplie de modestie, se consolait de
sa célébrité par le plaisir qu'elle
éprouvait d'obéir à sa mère; mais
une voix lui disait tout bas que

I.　　　　　　　　　　4

des avantages trop marqués atti-
rent bien souvent la haine; que
dans le monde, où des essaims
d'envieux s'agitent autour du mérite et dispensent le blâme sur tout
ce qui les blesse, ce n'est qu'avec
la mesure la plus parfaite que les
grands parviennent à se faire par-
donner leur naissance, un homme
son génie, et les femmes leurs talens ou leur beauté.

Parmi les personnes alliées à la
Palatine, il en était une dont Olésia
n'avait jamais pu conquérir l'approbation. La comtesse Éléonore
de B***, sa cousine, avait vingt-
six ans et n'était point encore
mariée; elle s'était fait dans le
monde une grande réputation

d'esprit et d'amabilité, et pour la soutenir, elle était contrainte journellement à des concessions qui coûtaient beaucoup à son caractère; une étude exacte des convenances lui avait appris que l'urbanité, la bienveillance, la simplicité, font le charme principal des relations sociales; que la méchanceté est la dernière ressource de l'esprit; qu'elle est de mauvais goût lorsqu'elle n'est pas voilée, et que dans le grand monde on l'emploie moins souvent que partout ailleurs. La comtesse Éléonore, naturellement mordante, travaillait ses phrases avant de les hasarder, et le trait envenimé, protégé par un langage gracieux,

parvenait au but sans avoir cho-
qué les oreilles. On disait, en parlant d'elle, elle a de la malice dans
l'esprit; si elle eût appartenu à
ces classes mitoyennes où l'on
trouve moins de délicatesse et
plus de franchise, on eût dit simplement qu'elle était méchante;
et l'on eût rencontré plus vrai. Olé-
sià remplissait scrupuleusement
à son égard tous ces devoirs de
convention qui constituent la politesse, et s'étonnait du regard dédaigneux dont la comtesse Éléonore accueillait ses attentions. Sa
fierté en fut d'abord blessée;
puis, méprisant une animadver-
sion qu'elle n'avait point méritée,
elle finit par se persuader qu'elle

n'était que relative au peu d'accord qui avait toujours existé entre la comtesse Éléonore et la Palatine de S***. Il était en effet facile de s'apercevoir que, depuis nombre d'années, ces deux dames étaient fort mal ensemble. La Palatine, si vive, si gracieuse, si remplie d'abandon avec toute autre personne, était froide, réservée devant la comtesse. Cette dernière semblait plus à son aise. Cependant, l'œil exercé de l'observateur aurait découvert dans son maintien, dans ses manières, quelque chose qui n'était pas naturel. Donnait-elle l'essor à son esprit piquant, à ses inconséquences calculées, à ses perfides étourderies, un sévère et long regard de la Palatine changeait le sens d'un discours commencé, et la rappelait à elle-même. Leur inimitié s'arrêtait là.

La première société de Varsovie a toujours été un modèle parfait de ton, de goût et d'élégance. La politesse des hommes est recherchée quoique remplie d'aisance. On les voit rarement s'isoler, prendre un salon pour une tribune, et dominer par le bruit. Les Polonaises, naturellement aimables et presque toutes instruites, sont de moitié dans leurs discussions : elles y prêtent la grâce de leur esprit; elles modèrent par leur douceur insi-

nuante le feu des opinions. On
s'entend mieux devant elles, et
la raison devrait y gagner. Géné-
ralement jolies, leur taille souple
et légère rappelle dans ses mouvemens ces jeunes arbustes que
le zéphyr se plaît à balancer.
Elles ont une indolence pleine
de grâce, et dans toute leur personne un charme particulier qui
semble leur venir d'Orient. Joi-
gnant l'esprit, la beauté, des con-
naissances étendues, les manières
les plus séduisantes à cette douceur persévérante qui parvient
avec lenteur mais sûrement à
son but, les femmes en Pologne
ont un grand ascendant sur les
hommes, les étrangers en sont

frappés, et seraient tentés de les croire en possession de la supériosité.

Le prince Witold et le comte Ladislas étaient du même âge, ils se voyaient souvent, ils avaient parcouru ensemble la France, l'Angleterre et la Suisse : au retour de leurs voyages, on les avait l'un et l'autre paraître en même temps dans le monde. Leurs prétentions n'ayant jamais été rivales, leur liaison d'enfance se continuait dans la société, malgré l'opposition de leurs caractères. Le comte Ladislas, qui admirait sincèrement les belles qualités de Witold, se trouvait flatté de son amitié et la proclamait hautement. Le prince Witold , moins honoré de l'intimité d'un étourdi, la préférait cependant aux avances que d'autres jeunes gens lui avaient faites. Il connaissait à fond le caractère de son ami, qui ne manquait ni de noblesse ni de sûreté. Ladislas, par sa franchise, laissait tous ses défauts à découvert , montrait des vertus solides, et le prudent Witold se reposait avec lui seul de la contrainte et du rôle d'observateur qu'il portait dans le monde.

Ladislas, désœuvré comme un jeune seigneur, riche, insouciant et léger, voyait ses journées s'écouler hors de chez lui. Lorsque dans ses courses sans but, sa voiture passait devant le palais de Witold, il donnait impétueusement l'ordre d'arrêter, et sans laisser à son laquais le temps de l'aider, il s'élançait précipitamment, puis avec la promptitude et l'air préoccupé d'un homme accablé d'affaires, il montait l'escalier, et rendait une visite à laquelle il ne songeait pas cinq minutes auparavant. Witold, habitué à ces brusques arrivées, les recevait sans se déranger; il consacrait quelques minutes à écouter les nouvelles du jour; puis le livre qu'il lisait, ou telle autre occupation commencée, s'achevait tranquillement sans distraction. Ladislas pendant ce temps causait à voix haute, riait, se promenait dans l'appartement, se couchait sur un divan, ouvrait un livre, suivait sur une carte géographique la marche des Russes contre les Turcs, prenait un crayon, dessinait un profil de femme, enfin badinait comme un enfant avec tous les objets qui tombaient sous sa main. Un jour, ne se suffisant plus à lui-même, et désirant faire parler son ami, il s'écria avec l'accent de la surprise : — Il est particulier que sans y avoir mis la moins intention, la tête que je viens de dessiner ressemble parfaitement à ma cousine Olésia. Le prince Witold écrivait; il posa sa plume sur la table, et se détournant : — Que venez-vous de dire? demanda-t-il. Ladislas sourit. — Je disais, répondit-il, que la comtesse Eléonore avait hier la toilette la plus convenable à sa taille, la mieux assortie à son teint, le plus..... Witold avait repris sa plume, il écrivait de nouveau lorsque Ladislas vint se placer près de sa table, le regarda fixement, et lui dit avec le plus grand sérieux : — Prince Witold, vous ne portez donc aucun intérêt à la comtesse Éléonore ? C'est fâcheux pour elle; mais ce qui l'est bien davantage pour vous, c'est que vous portez un intérêt véritable à votre patrie, et que les espérances qu'elle pouvait justement fonder sur vous, viennent de s'anéantir à mes yeux. Que deviendrons-nous maintenant avec un ennemi aussi dangereux que la Russie, moins redoutable encore par ses forces que par son astuce, terrible enfin par cet art de surprendre les esprits et de profiter habilement des découvertes utiles à ses intérêts? Nous avions besoin non-seulement de bras, mais de têtes fortes pour les diriger et les conduire; nous venons de faire une perte irréparable. Je le dis, je le vois avec regret, la Pologne peut produire des hommes remarquables, mais ils seront toujours plus grands à

la guerre qu'habiles en diploma-
tie. — Mais, comte Ladislas, dit
Witold étonné (car il ne com-
prenait plus la plaisanterie lorsqu'il était question de la Pologne
et de ses ennemis) devenez-vous
fou? Qu'ont de commun la comtesse Éléonore et la Russie?

---Fou! Vous voudriez bien
avoir toujours été aussi sage que
je le suis dans cet instant!

---Je veux dire, ajouta le comte
Ladislas en changeant de ton,
que vous venez de vous laisser
surprendre comme un enfant,
que j'ai appris ce que vous ne
vouliez pas me dire, et que je sais
enfin quelle est celle que vous
aimez.

— Ah! dit le prince Witold en souriant, vous le croyez?

— J'en suis persuadé; j'ai lu son nom dans vos yeux.

— Mais c'est faire une mortelle injure à un homme qui prétend avoir de l'empire sur lui-même, dit le prince Witold obligé de se prêter enfin à la plaisanterie. Ecoutez, pour vous prouver que vous avez tort, je consens, tandis que vous examinerez bien le jeu de ma physionomie et l'inflexion de ma voix, à vous nommer les femmes les plus remarquables de Varsovie, et assez lentement pour favoriser toutes vos observations; nous verrons si

vous reconnaîtrez une seconde
fois dans mes yeux celle qui peut
m'intéresser davantage.

— J'y consens, dit le comte
Ladislas enchanté, à condition
que, tout en examinant votre visage, vous me permettrez aussi
de mettre une main sur votre
cœur. Le prince Witold réfléchit
un instant, et dit en riant : — Non,
cette dernière demande est de trop.
— Ah! j'en suis ravi, s'écria Ladislas. Vous ne sauriez croire le
plaisir extrême que cela me
cause. Vous avez la tête bien
calme, bien froide, et je crai-
gnais, je vous l'avoue, que votre
cœur ne lui ressemblât. Je vous
aime mille fois davantage depuis

le refus que vous venez de me faire.

— Cher Ladislas, dit Witold ému, vous me supposiez donc tout-à-fait insensible. Pour toute réponse, Ladislas serra la main de son ami, puis il dit, un instant après, avec un grand abandon : — Mon bon Witold ! L'émotion du prince Witold commençait à se passer lorsque cette phrase frappa son oreille ; elle lui déplut, il se repentit d'y avoir lui-même donné lieu. Il craignait la familiarité même avec ses égaux. C'était par cette raison que sa politesse était excessive ; il forçait ainsi de lui rendre ce qu'il accor-

4*

dait. Une révolution complète se fit en lui, et le comte Ladislas, après en avoir admiré en souriant l'ordre et la gradation, courut plaisanter ailleurs.

L'hiver venait de s'écouler sans amener aucun changement dans la position des personnages dont nous avons déjà parlé, et le printemps, si tardif en Pologne, commençait enfin à déployer sa fraîche magnificence ; un vent doux et chaud remplaçait le souffle glacial qui depuis six mois régnait dans l'atmosphère, et refoulait vers le nord ces nuages brumeux et tristes qui planaient naguère sur Varsovie. Tout était en mouvement dans cette ville ; les voi-

tures succédaient aux traîneaux ;
des gens salariés s'occupaient
d'enlever et d'amonceler sur leurs
chariots la glace noire et boueuse
qui obstruait encore les rues ; des
laquais ôtaient avec fracas les
doubles fenêtres des palais de
leurs maîtres, tandis que l'ou-
vrier, frappant à coups redoublés
sur son humble croisée, démolis-
sait son ouvrage de l'automne ; le
mortier qui l'avait préservé du
froid se détachait du contour de
la vitre ; la fenêtre pouvait enfin
s'ouvrir, un air pur pénétrait,
pour la première fois depuis bien
long-temps, dans la pauvre demeure, et l'embellissant de la vue
d'un beau ciel, lui donnait un air

de fête auquel applaudissait toute un famille joyeuse.

Des flots d'une population depuis six mois prisonnière, se précipitaient dans la campagne, où le soleil, déployant toute sa force, vivifiait, avec une rapidité inconnue aux pays méridionaux, les productions de la terre. Des calèches brillantes, escortées de jeunes seigneurs à cheval, remplies de femmes dont les toilettes légères remplaçaient les manteaux et les fourrures, se croisaient et se dirigeaient vers les diverses promenades qui embellissent les environs de Varsovie. Tous voulaient jouir, tous se pressaient, le peuple pour retrouver, à la chaleur salutaire du soleil, les forces que les souffrances du froid lui avaient ôtées; les grands pour changer de plaisirs.

Les fêtes de la Pentecôte étaient arrivées, et avec elles ces courses à Biélany, qui rappellent nos foires de Saint-Germain et de Saint-Cloud. C'est le moment d'étaler le luxe des équipages nouveaux, et chaque seigneur rivalise à cette époque, d'élégance et de goût. Olésia ne connaissait point encore ces promenades; la Palatine, soit raison, soit calcul, l'avait tenue, jusqu'à cette année, éloignée des distractions et des plaisirs qui gênent la marche de l'éducation. Elle éprouva donc toute la plénitude d'une jouissance nouvelle, en se trouvant dans un lieu charmant, embelli par tout ce que Varsovie avait de mieux.

En Pologne, souvent des pratiques de dévotion se mêlent aux plaisirs, et ils ne sont point troublés par les réflexions sérieuses qu'elles pourraient occasioner. L'imagination des Polonaises ressemble un peu sur ce point à celle des Italiennes; elle passe avec une mobilité surprenante des fautes à la pénitence et de la pénitence aux fautes, comme si elles se laissaient entraîner par le piquant des contrastes. Olésia ne fut donc pas étonnée lorsque la Palatine, au lieu de donner à son

cocher l'ordre de se joindre au
groupe d'équipages qui remplissait une des allées du bois de Biélany, lui dit de s'arrêter devant
le couvent de Camaldules qui domine l'entrée du même bois. Elles
pénétrèrent dans l'église remplie
d'une foule immense, et assistèrent
aux prières du soir. La cérémonie
religieuse achevée, la Palatine en-
voya un de ses gens demander au
supérieur la permission de visiter
l'intérieur du monastère; quelques minutes après on la fit entrer dans le chœur, et un religieux parut, chargé de la conduire dans les lieux où les femmes
peuvent pénétrer. Olésia examina
d'abord avec intérêt tout les dé-

tails d'une immense sacristie;
puis, tandis que le religieux expliquait pompeusement à sa
mère la valeur d'un ornement,
le nom du donateur, le saint
usage des perles et des pierreries
qu'elle voyait en profusion,
quelle main les avait envoyées,
la cause qui avait produit ce don,
l'ancienneté de l'ordre fondé par
saint Romuald l'an 1012, le nom
des personnages célèbres qui
avaient visité le couvent; Olésia,
dis-je, parcourait les salles voisines, ornées de tableaux fort médiocres; elle essayait parfois de
deviner les idées du peintre; mais
une composition aussi peu claire
que peu correcte rendait ses efforts

inutiles. En quittant une de ces
pièces, elle se trouva dans un
passage assez sombre, au bout
duquel étaient plusieurs marches;
elle les descendit, et vit avec un
peu de surprise qu'elle était par-
venue dans un des caveaux du
couvent. Elle le parcourut des
yeux; il était éclairé par une fenêtre en ogive dont les vi-
traux ne rendaient qu'une faible
partie du jour; une lampe suspendue à la voûte, allumée dans
les solennités seulement, y mêlait
sa lueur vacillante. Au milieu,
sur deux tréteaux peints en noir,
on voyait un cercueil, celui du
dernier mort sans doute, tandis
que ceux qui l'avaient devancé,

I. 5

rangés avec ordre dans la muraille,
présentaient dans leur ensemble
une modeste et religieuse unifor-
mité. Un simple nom, une date,
le souvenir de leur vertu, c'est
tout ce qu'ils avaient laissé sur
la terre. La plupart cependant
étaient sortis des plus hautes
classes, mais en renonçant au faste
de la vie, ils avaient renoncé aux
fastes des tombeaux.

Olésia, naturellement réflé-
chie, trouva dans ce lugubre endroit de nombreux sujets de mé-
ditation. Appuyée près d'une fenêtre, ses yeux erraient au hasard;
elle se livrait tout entière à cette
rêverie triste, et cependant atta-
chante, qui nous captive malgré

nous. Depuis son enfance on avait éloigné d'elle jusqu'à l'idée de la peine, mais elle avait une de ces imaginations malheureuses qui devinent la souffrance dans l'avenir, car elle leur semble inséparable de l'existence. Toutes les illusions qui l'avaient bercée jusqu'alors s'évanouissaient devant ces muets témoins de la rapidité de la vie; elle envisagea pour la première fois ces séparations accablantes qui nous laissent seuls sur la terre. Le nom de sa mère vint involontairement se placer sur ses lèvres; elle le prononça d'une voix déchirante: puis, effrayée d'entendre ce nom si cher résonner comme une révélation

dans ces voûtes sépulcrales, elle
ferma les yeux, et, posant sa tête
sur un angle du mur, elle
resta quelques minutes absorbée
et abattue. Un léger bruit vint la
rendre à elle-même. Tout son
corps frémit de ce tressaillement
convulsif qui nous réveille souvent au milieu de ces songes trop
fortement pénibles pour pouvoir
être supportés. Elle ouvrit les
yeux, et vit, derrière le cercueil
qui était au milieu du caveau,
une figure pâle s'élever et lui sourire. C'était le prince Witold.
L'échafaudage sur lequel était
posé le cercueil avait plusieurs
pieds d'élévation. Olésia ne pouvait apercevoir que le visage du

prince, qui semblait sortir d'une tombe. Dans la situation d'esprit où elle se trouvait, tout était capable de la frapper; la vue inattendue de Witold lui sembla le complément de ses craintes; elle se sentit pâlir, et détournant la tête elle étendit machinalement une de ses mains vers lui comme pour lui prêter du secours. Le prince, étonné de la pâleur d'Olésia, s'approchait précipitamment d'elle, lorsque la Palatine et le religieux entrèrent dans le caveau. Surprise de l'immobilité de sa fille, la Palatine l'appela plusieurs fois d'une voix inquiète; lorsqu'Olésia reconnut sa mère elle courut à elle, et saisissant une de ses

mains avec un mouvement passionné, elle la couvrit de baisers
et de larmes. La Palatine la gronda
doucement d'être ainsi venue seule
dans un aussi triste lieu, et pen-
sant qu'une prompte diversion
serait seule capable de dissiper
la mélancolie qu'il avait fait naître, elle remercia le religieux, et
le pria de les reconduire dans l'é-
glise; quelques minutes après, la
Palatine suivie de sa fille et de
Witold, quitta le couvent non
sans y avoir laissé des marques
de sa pieuse munificence.

A seize ans, les impressions
peuvent être bien fortes, mais
elles ne peuvent être durables; et,
comme nous l'avons déjà dit, Olé-

sia fut ravie de la scène qui se présenta devant ses yeux. La foule
était immense; des gens de toutes
les classes circulaient dans le bois,
et dans une allée que la mode
avait choisie ce jour-là pour son
temple; les femmes les plus élégantes étaient assises ou se pro-
menaient. A leur arrivée, la Palatine et sa fille furent entourées
de leurs nombreuses amies; mais
Olésa, désirant connaître les sites
les plus remarquables de Bielany,
pria tout bas sa mère de la conduire dans l'intérieur du bois; la
Palatine y consentit, et refusa les
fréquentes invitations qui lui furent faites de s'asseoir. Au bout
de l'allée privilégiée, Olésia fut ar-

rêtée par quelques jeunes personnes qui la plaisantèrent sur la solitude qu'elle allait chercher. Tout en leur répondant, elle essaya de les attirer hors des limites de l'élégance. Voyant que ses efforts étaient vains, et que pour tout au monde elles n'auraient pas voulu les dépasser d'une ligne, elle sourit, porta la main à ses lèvres en faisant ce geste d'adieu si habituel aux Polonaises, et auquel elles savent donner tant de grâce ; puis courant avec la légèreté d'une sylphide, elle fut rejoindre sa mère à laquelle le prince Witold donnait le bras. Cette promenade fut longue et moins agréable qu'Olésia ne l'avait espéré. La Palatine et le prince étaient engagés dans une conversation sérieuse ; Olésia, souvent distraite, ne pouvait ni la suivre attentivement, ni la bien comprendre ; elle s'étonnait cependant de l'air contraint et mécontent de sa mère, des phrases peu aimables et des réponses piquantes qu'elle adressait au prince, tandis que ce dernier, conservant l'air le plus poli, le plus naturel, ne disait que des choses raisonnables et flatteuses. Enfin la Palatine découragée et voyant qu'elle perdait toute retenue, ne daigna plus répondre au prince Witold étonné. Le sujet du mécontentement de sa mère fut une énigme pour Olésia, elle n'essaya point de le pénétrer.

Le jour déclinait; l'intérieur du bois se couvrait peu à peu de ténèbres; la Palatine fut réjoindre la foule qui se portait toujours dans l'allée que nous avons indiquée; elle s'assit, et causa bientôt avec les personnes qui se trouvaient autour d'elle. Le prince Witold se plaça près d'Olésia. Dès qu'il fut sûr de n'être entendu que d'elle, il fit de tendres reproches sur la scène du couvent; et tout en louant sa touchante sensibilité, il lui montrait la facilité et le danger de l'exaltation; Olésia l'écoutait avec cette attention et cette reconnaissance dont elle avait l'habitude de payer les conseils qui lui paraissaient bons, elle se condamnait sans chercher une excuse ; puis, avec une charmante simplicité elle remerciait le prince de l'intérêt qu'il lui portait; celui-ci voyait dans ce caractère angélique le bonheur du reste de sa vie ; car depuis bien long-temps il l'avait choisie pour être sa compagne, et son image se mêlait à tous ses projets de félicité. Quelquefois il arrêtait sur elle des regards remplis de l'émotion la plus pure, puis il l'écoutait avec intérêt peindre le charme des lieux où ils se trouvaient ; à cette saison de l'année ils étaient réellement enchanteurs.

Derrière eux et de côté, un bois épais de sapins et de bou-

leaux formait un vaste amphi-
théâtre; à leurs pieds, la Vistule,
immense dans cet endroit, promenait ses eaux argentées; ses
bords inégaux remplis de bou-
quets d'arbres, les maisons qu'on
apercevait confusément sur le rivage opposé, rappelèrent à Witold un lieu qu'il avait remarqué
dans ses voyages. — Si je ne crai-
gnais, dit-il, d'être accusé de par-
tialité pour mon pays, je vous
avouerais que cette belle vue a
quelques rapports à celles qu'on
admire sur les rives du Bosphore;
c'est être bien hardi de comparer
un site polonais aux plus beaux
sites du monde ; cependant je
crois qu'il y a de la réalité dans mon

opinion, surtout à cette heure-ci,
ajouta-t-il en souriant, les maisons que nous distinguons dans le
lointain, ne ressembleraient pas
en plein jour aux palais du sultan,
des pachas et des ambassadeurs
qui parent les bords du canal de
Constantinople; maintenant elles
doivent aux rayons de la lune, la
blancheur la plus éclatante, l'ombre des masses d'arbres qui sont
groupés autour d'elles, cache leurs
défauts et leur petitesse, et le choix
heureux de leur position com-
pense leur manque d'élégance.
— Voyagiez-vous le soir, dit Olésia, sur les rives du Bosphore?
— Oui, et j'avais le cœur plein
de la Pologne. — Alors je crains

bien, pour l'intérêt de la Vistule, que la situation de votre esprit ait produit toute la ressemblance. — Il faut donc se défier de toutes ses impressions ? — Il faut au moins mettre de côté les plus vives, dit Olésia en souriant, avant de se permettre de juger, de décider et de comparer. — Et si je vous disais demain : la soirée d'hier fut la plus belle, la plus heureuse de ma vie, croiriez-vous que la situation de mon esprit eût dicté mon jugement ? — Je croirais qu'une cause qui m'est entièrement inconnue vous porte à exagérer malgré vous. — Entièrement inconnue, dit Witold d'un ton de reproche ! est-ce aussi malgré vous que vous exagérez? Olésia embarrassée détourna la tête. Le prince Witold garda le silence, et l'un et l'autre tombèrent dans une profonde rêverie. Le lieu où ils se trouvaient était bien propre à l'augmenter. Peu à peu la foule s'était écoulée : on voyait encore un grand nombre de femmes formant diverses sociétés, d'autres, comme des ombres gracieuses, passaient avec légèreté, et se conformant au mystère du soir, chacune parlait à voix basse. Dans l'intérieur du bois, des musiciens allemands remplissaient l'air d'une douce harmonie; des sons purs et mélodieux, tantôt répétés avec force par les échos, tantôt apportés par le zéphyr, vibraient autour du feuillage et s'allaient perdre dans les eaux. La lune doublant sa lumière, reflétait son globe brillant dans la Vistule, ses rayons glissaient à travers les bouleaux transparens, leurs troncs parsemés de bandes argentées se dessinaient sur des masses de sapins inaccessibles à la clarté; derrière eux le monastère était caché, tandis que sa croix s'élevait seule au-dessus de leur tête; tous les feux de la voûte azurée semblaient lui porter le tribut de leur lumière, et seule ainsi suspendue, on eût dit qu'elle descendait d'en haut comme un nouveau pacte entre la terre et le ciel.

Enfin la Palatine donna le si-
gnal du départ, et ce ne fut point
sans regret qu'Olésia quitta Bielany. La route était obstruée d'é-
quipages, la plupart attelés de
quatre chevaux. Les cochers semblaient s'être donné un défi, les
voitures roulaient avec une rapidité effrayante, et comme elles se
précipitaient toutes en désordre
vers le même point, il en résulta un
embarras qui n'était pas sans danger. La Palatine assez craintive
s'occupait avec effroi des suites
d'une pareille mêlée; tandis qu'elle
employait toute son autorité à mo-
dérer l'ardeur de son cocher, et
à le condamner sans peine à aller
au pas, le prince Witold à cheval

5*

tantôt s'approchait d'Olésia, tantôt s'en trouvait séparé. Dans un moment où il était emporté loin d'elle, elle distingua ces mots qui furent prononcés en allemand : — C'est bien lui, je vous l'assure ; c'est le prince Witold L***. Comment pouvez-vous en douter ? ses aumônes cependant ont nourri votre femme et votre enfant ; elles ont guéri votre blessure ; la reconnaissance doit être clairvoyante et distinguer un bienfaiteur, même parmi les gentils. — Que le Dieu d'Abraham et de Jacob se charge de ma dette, répondit une voix plus forte ; car je n'ai que des paroles pour m'acquitter ; et aux yeux d'un adorateur de Jésus, les paroles d'un israélite n'ont pas plus de poids que le vent qui les chasse; je confierai mes bénédictions au désert, car si je les lui adressais il se croirait maudit. — Les bénédictions sont toujours douces, répondit la voix de femme, vinssent-elles de la bouche d'un amalécite. Ce sont elles qui composent le bonheur de l'homme charitable; mais envoyons les nôtres au ciel, elles ne seront point perdues, puisque nous sommes tous les enfans du même père. Olésia étonnée avança la tête hors de la voiture, et vit, sur le bord du fossé et côtoyant la même route, une pauvre famille qui se rendait à Varsovie : elle avait re-

connu à l'accent guttural dont
elle parlait l'allemand que cette
famille était juive; elle se douta
que c'était celle à laquelle était
arrivé l'accident raconté par le
comte Ladislas. Touchée que
Witold, au milieu des occupa-
tions et des plaisirs, n'eût point
négligé une bonne œuvre, elle
résolut d'associer secrètement ses
dons aux siens. Elle se pencha
vers la juive et lui demanda son
nom et son adresse. A peine eut-
elle entendu la réponse, que les
chevaux, reprenant leur premier
mouvement, l'emportèrent loin
de la pauvre famille. Elle chercha
des yeux celui dont elle venait de
s'occuper; et crut l'apercevoir

à quelque distance. En effet le prince Witold avait arrêté son cheval, et, la tête tournée du côté de la Palatine et d'Olésia, il semblait suivre de l'œil leur course ; lorsqu'il vit la route débarrassée de tout obstacle, il disparut.

Le lendemain, avec la permission de sa mère, Olésia se rendit à l'adresse indiquée ; elle n'avait point nommé ceux qu'elle allait secourir. Le nom de juif en Pologne porte avec lui quelque chose qui répugne ; elle craignait le refus de la Palatine. Cette petite dissimulation lui coûtait ; elle en fut bientôt distraite par l'idée qu'elle allait soulager la misère. A seize ans faire du bien est une

passion, car on ne croit point
encore aux ingrats. Arrivée près
du lieu qu'on lui avait indiqué,
elle laissa sa voiture, et, suivie
d'une femme de chambre, elle
entra dans une immense cour.
Olésia croyait rencontrer tout de
suite ce qu'elle cherchait; elle vit
bientôt toute la difficulté de l'en-
treprise. A son arrivée, elle fut
d'abord entourée d'une multi-
tude innombrable de petits juifs
attirés par la brillante livrée du
laquais qui la suivait. Un nombre
à peu près égal de femmes de tout
âge s'empressèrent aussitôt autour d'elle, débitant avec une vo-
lubilité extraordinaire le nom des
articles de vente qui se trouvaient

dans leurs boutiques. En vain Olésia demandait où était la demeure de Joachim Lévi; on ne lui répondait que par ces mots : — Entrez, c'est chez moi que vous trouverez tout ce qui vous convient; entrez, entrez, Madame ma bienfaitrice, épithète banale dont on est étourdi dans certaines rues de Varsovie. Pour se débarrasser de cette cohue, Olésia se décida à entrer dans la boutique la plus apparente et d'y faire quelques achats, afin d'y trouver un asile momentané; puis envoyant son domestique à la recherche de Joachim, elle s'assit, et invita sa femme de chambre à en faire autant. Cette dernière, élégante dans

sa parure, exagérée dans son maintien, prétentieuse dans ses discours, vrai modèle des femmes de
chambre polonaises, et d'ailleurs
appartenant à cette classe de
panne (demoiselles), désespoir des
maîtresses de maison par les ménagemens qu'elles exigent, était
excessivement mécontente; elle tenait du bout des doigts le paquet
qui contenait les achats d'Olésia,
et jetait un regard dédaigneux sur
le papier, un peu sale à la vérité,
qui servait d'enveloppe. Pendant
qu'elle maudissait intérieurement
ce qu'elle appelait les étranges
caprices de sa maîtresse, celle-ci
examinait avec intérêt une scène
qui était toute nouvelle à ses yeux.

Les bâtimens qui entouraient
la cour étaient, il y avait peu
d'années, un magnifique palais.
Olésia se rappela avoir entendu
dire qu'il appartenait à l'ancienne
famille des comtes de L*****. Il
n'est rien de tel que les juifs polonais pour dénaturer les lieux
où ils habitent ; il suffit d'un séjour de quelques semaines pour
que l'œil du propriétaire ne les
reconnaisse plus. L'indolence des
uns, l'industrie des autres, la saleté de tous, et cette manie de
voler jusqu'aux pierres, avaient
transformé le somptueux palais
des comtes de L*** en une vaste
ruine, repaire d'un millier de familles qui travaillaient journelle-

I. 6

ment à sa destruction. La plupart des anciennes fenêtres restaient encore dans les appartemens; mais celles des corridors et des escaliers avaient depuis long-temps disparu. Enlevées pendant la nuit, elles avaient été vendues par quelques juifs scandalisés de leur inutilité.

Dans la cour on avait pratiqué des boutiques; sur les marches de la plupart d'entre elles, de jeunes mères allaitaient le dernier né, tandis que le reste de leurs nombreux rejetons jouait bruyamment à leurs pieds. Près de la porte de la maison où Olésia s'était arrêtée, deux femmes, tricotant chacune un bas de gros fil,

engageaient les passans à entrer
dans leurs boutiques. Leurs doigts
se mouvaient avec la plus grande
rapidité sans que leurs yeux se
posassent jamais sur leur ouvrage.
L'une d'elles, la mère du maître
de la maison, vieille comme Hé-
cube et presque aussi féconde,
cachait son front ridé sous un
bonnet d'un tissu d'argent garni
de fourrure; la martre, suivant
le contour osseux de son visage,
venait se joindre sous son menton, et l'accent le plus guttural
donnait quelque chose de fauve
à cette grotesque figure. L'autre
était la femme du marchand,
déjà six fois mère et prête à l'être
encore; elle n'avait que vingt ans;

tout en travaillant, elle s'appuyait sur la porte de sa demeure; son habit d'une étoffe de soie épaisse et jadis remarquable par sa richesse, n'était plus qu'un amas confus de saletés; sur le corsage usé de sa robe, parmi les trous et les pièces de différentes couleurs, pendait une large médaille de l'or le plus pur; sur son front, où sa qualité de femme mariée défendait à un seul cheveu de paraître, on voyait une espèce de diadème en perles fines; ce diadème, s'allongeant des deux côtés, descendait jusque sur ses oreilles, parées de longues boucles de diamans. Au milieu de cet étrange mélange de haillons et de

brillans, en contemplant ces
grands yeux noirs, ces traits d'une
régularité parfaite qui rappelaient
toute la majesté de l'Orient, la
pensée du philosophe eût traversé
les siècles, elle se fût reposée
sur les somptueuses merveilles
du temple, et, suivant dans la
rapidité de leur chute les gran-
deurs de la terre, elle eût gémi
avec ce peuple destiné à l'exil
dans la servitude de Babylone.

Au milieu de la cour, quelques
juifs, défiant l'ardeur du soleil,
traînaient les lambeaux de leurs
robes noires sur une poussière
blanchâtre et brûlante, qui s'élevait en nuage autour d'eux; on
eût dit ces ombres malheureuses

dont le front livide est chargé de
la réprobation d'un Dieu. L'existence de ce peuple, pensait Olésia, portant depuis près de deux
mille ans la punition de son
crime, est le miracle de nos jours.
Errant de contrées en contrées,
il a conservé sous tous les climats
ses traits, ses goûts et sa croyance;
il professe sous le ciel du nord
les lois qu'il suivait en Syrie.
Peuple béni et déchu! tu suis
encore, comme au temps de ta
gloire, les préceptes du Deutéro-
nome, et l'Évangile s'est élevé
majestueusement au-dessus du
Pentateuque sans que tu aies dai-
gné lever les yeux.

En traversant les petites villes

et les villages de Pologne, l'âme est péniblement affectée par la vue de ces malheureux juifs, souvent plus nombreux que les indigènes. En voyant les lambeaux qui les couvrent, leurs visages pâles et décharnés, on serait tenté de s'élever contre l'oppression qui semble peser sur eux, si l'expérience ne démontrait bientôt que les plus aisés sont souvent ceux qui paraissent les plus misérables; tel est le goût de ce peuple : l'avidité, l'avarice la plus sordide sont le guide de toutes ses actions; il s'est emparé de tout le débit des marchandises, il achète toutes les entreprises commerciales que le gouvernement essaie. Plus industrieux et moins indolent que le Polonais, tour à tour on le rebute et on le recherche, et il est constamment l'objet du dégoût et du mépris d'un peuple qui pourrait difficilement s'en passer.

Enfin, le domestique revint; il avait appris la demeure de Joachim; Olésia le suivit, quoiqu'il l'avertît de la difficulté de la route. Après plusieurs détours, elle se trouva au pied d'un escalier qui aboutissait à une croisée qu'on avait métamorphosée en porte; cet escalier, qui avait de grands rapports avec une échelle, était raide, vacillant et sans solidité. Olésia, peu craintive, leste, très-agile, et pour qui cette course charitable était devenue une partie de plaisir, le franchit en riant tandis qu'elle recommandait au domestique d'aider sa femme de chambre. Elle se trouva bientôt devant ceux qu'elle cherchait depuis si long-temps. La juive vint à sa rencontre ; involontairement elle l'avait attendue ; elle ne pouvait la reconnaître, mais elle la devinait ; les malheureux vont si vite au devant de l'espérance ! Lorsqu'Olésia eut mis un terme aux respectueux complimens qui l'accueillirent à son entrée, elle se fit raconter l'événement qu'elle savait déjà, afin d'obtenir quelques détails nouveaux sur la conduite du prince Witold.

La blessure de Joachim avait eu des suites; pendant plus d'un mois il avait été obligé de suspendre son travail. Witold envoyait souvent savoir de ses nouvelles, et chaque messager apportait à la pauvre famille, soit de l'argent, soit des provisions pour le malade. — Et, dit Olésia en rougissant et pouvant à peine cacher son émotion, venait-il quelquefois lui-même? — Oh! non, répondit la juive, c'était assez de penser à nous; il nous l'avait promis, mais je n'avais point cru à sa parole; les promesses des grands ressemblent à ces fruits trompeurs qui croissaient jadis sur la terre de nos pères; le voya-

geur altéré tressaillait de joie à
leur vue; il les portait à sa bouche, ce n'était que poussière. Je
n'avais point cru à son souvenir,
car les pensées qui naissent dans
le luxe ont trop d'espace à parcourir pour descendre jusqu'à la misère.— Et, cependant, il a pensé à
vous ? — Oui, répondit Esther,
et celui qui n'endurcit point son
cœur doit reposer un jour dans le
sein d'Abraham, quels que soient
son pays et sa croyance. Il ne
ressemble point aux heureux, il
est compatissant comme s'il avait
connu le malheur. J'ai vu des ri-
ches qui n'avaient point d'oreilles
pour écouter nos plaintes, d'autres point de mémoire pour les

retenir; quelques-uns les fuyaient
comme ils auraient fui notre malheur même. Il y en avait qui
semblaient les entendre comme
on écoute ces vieilles traditions
qui sont si loin du présent; plusieurs les suivaient dans leur cours
avec cette attention perfide qui
oublie les effets pour rechercher
la cause; la misère était près d'eux,
et ils raisonnaient froidement sur
la misère. Beaucoup, vaincus par
l'opiniâtreté de la faim, ou par
les angoisses maternelles, se laissaient arracher un faible don; jeté
avec dédain, l'argent tombait dans
la main de l'indigence; bien peu
accompagnaient leur offrande de
ce regard consolateur qui ôte un

instant à l'infortune ; car il est
encore plus facile de donner que
de comprendre les malheureux.

Olésia écoutait Esther avec un
intérêt et une émotion qu'elle ne
pouvait définir. Cette juive, malgré sa pâleur et sa maigreur extrême, conservait encore des restes
d'une grande beauté. Ses yeux
bleus étaient remplis d'une douce
et touchante expression ; le son
de sa voix était agréable, elle ne
grasseyait que faiblement. Olésia
l'avait emmenée à l'écart, dans
l'embrasure d'une fenêtre ; et là,
avec la même délicatesse qu'elle
aurait employée près d'une personne qui aurait été pour la première fois obligée d'accepter un

secours, elle déposa son offrande sur le bord de la croisée, et fit entendre à Esther qu'elle se chargeait à l'avenir de lui procurer tous les soulagemens qui étaient en son pouvoir. Avant de sortir, ses yeux parcoururent le misérable abri de la famille juive. Elle cherchait à deviner au milieu de cet entier dénuement quels devraient être les objets d'absolue nécessité qu'elle se proposait d'envoyer. Joachim, qui ne perdait aucun de ses mouvemens, la suivait dans cet examen. Pendant toute la visite il était resté debout à moitié courbé par le respect. La posture servile de cet homme, son regard indécis déplaisaient à

Olésia. Elle attachait à sa personne le sentiment de dégoût,
qui involontairement depuis son
enfance, là frappait à l'aspect d'un
juif. En regardant Esther, elle
songeait au contraire à la gloire
passée de ce peuple dont elle faisait partie, ou bien à ce temps
plus heureux encore, où dans les
vallées de Sichem ou de Mambré
de saints patriarches étaient rois
de leur famille et cultivateurs de
leurs champs.

Elle se surprenait quelquefois
l'envie de lui parler de Sara ou
de Rachel, comme de compagnes
qu'elle aurait dû connaître. Elle
regardait aussi avec intérêt un
jeune garçon de seize ans, l'uni-

que enfant d'Esther : il se nommait Nephtali. Appuyé sur une
cheminée de marbre noir, son
profil régulier se réfléchissait dans
les morceaux d'une glace brisée.
Son visage pâle était entouré de
nombreuses boucles blondes. A
l'arrivée d'Olésia, il avait sus-
pendu la lecture du Talmud, seul
livre qu'il eût jamais ouvert, et
ses grands yeux bleus, les mêmes
que ceux de sa mère, s'étaient
fixés sur la jeune fille et ne l'a-
vaient plus quittée. Olésia devinait qu'il était doué d'une belle
âme; en effet il eût mérité, non
de naître dans une autre classe,
aux yeux du philosophe elles sont
toutes égales, mais de participer

aux lumières qu'une bonne éducation répand sur un esprit juste.

Olésia songeait à se retirer ; elle
recevait les bénédictions d'Esther,
les saluts de Joachim, et Nephtali venait avec timidité baiser le
bas de sa robe, lorsque la porte
s'ouvrant brusquement, un jeune
militaire parut dans la chambre.
Un seul coup d'œil suffit à Olésia pour apercevoir qu'il était
russe et officier supérieur. C'était
le même colonel dont la voiture
avait contribué à l'accident de
Joachim. Depuis ce temps, il
conservait avec cet israélite des
relations que nous expliquerons
dans la suite. La surprise du colonel surpassa celle d'Olésia; il

6*

regardait avec une admiration qu'il songeait à peine à contenir cette belle et jeune personne dont l'élégance contrastait si fortement avec la misère dont elle était environnée. Lorsqu'elle sortit, par un mouvement involontaire il voulut la suivre; puis s'arrêtant, il la salua avec respect. Olésia lui répondit par une inclination pleine de décence et de grâce, et disparut. Lorsqu'elle traversa la cour, le colonel s'approcha d'une fenêtre, et la suivit des yeux. Il reconnut la livrée du domestique qui la suivait. Ayant souvent entendu parler de l'éclatante beauté de la fille de la Palatine de S***, il ne put douter que ce ne fût elle qu'il venait de voir.

Le colonel Jgor Sez...... était jeune, riche, bien fait, brave, rempli de confiance dans ses avantages et dans ses moyens. Il résolut de tout mettre en œuvre pour se faire présenter chez la Palatine de S***, ou du moins dans sa société. Cinq minutes avaient suffi pour changer le cours de ses idées, de ses projets, de sa destinée entière; il était amoureux. Souvent dans le monde, il avait entendu parler de l'esprit et des talens d'Olésia : il venait de voir qu'il était difficile d'être plus belle; on lui apprenait qu'elle était bonne comme un ange; de meilleures têtes que la sienne furent tournées à moins. Nous lui devons encore la justice de dire que s'il se laissa d'abord principalement séduire par les charmes d'un beau visage, les rares qualités d'Olésia suffirent seules dans la suite pour l'attacher à jamais.

Ce fut en vain que le colonel Jgor essaya de se faire présenter chez la Palatine de S*** ; cette dame ne recevait aucun officier russe ; c'était moins esprit de parti que calcul. Son fils aîné, malgré ses conseils, s'était attaché à la cour de Russie ; n'ayant pas assez d'empire sur son esprit pour diriger ses opinions, elle s'appliquait du moins, par une conduite

soutenue, à lui témoigner qu'elle
ne les approuvait pas.

Le comte Jgor chercha Olésia
à la cour; elle n'y allait point. Il
la vit quelquefois aux fêtes que
donnaient les ambassadeurs et
les ministres, mais sans pouvoir
lui parler. Dans ces grandes assemblées, la société polonaise se
concentrait pour l'ordinaire sur
un seul point, et les hommes
formaient autour de leurs jeunes
compatriotes une phalange plus
redoutable que celle de Macé-
doine. Le comte Jgor éprouva
souvent le désir de se hasarder
vers la partie du salon qu'Olésia
embellissait à ses yeux, et de l'in-
viter pour une de ces danses nom-

mées *polonaises*, et qui sont si favorables à la conversation.

Un soir, il dit à un officier russe de ses amis, en lui montrant le côté du salon où les Polonaises étaient réunies : Venez donc faire une excursion sur cette plage lointaine où les femmes sont si jolies.

— Dieu m'en préserve, lui répondit son ami ; j'aimerais mieux aborder sur les côtes de la Tauride, ne fussent-elles pas plus civilisées que du temps d'Oreste. Que voulez-vous aller faire de ce côté ? Chercher une danseuse qui ne voudra point de vous ? Je marcherais avec plus de sang-froid sous le feu d'une batterie, que je n'irais m'exposer à ces décharges de mots piquans, à ce feu roulant de persiflage dont le ridicule nous atteint jusqu'ici. Ne voyez-vous pas les regards moqueurs de ces Polonais? Jusques à quand, ajouta-t-il, ne les rencontrerons-nous que dans des salons? Ah! si nous les tenions en rase campagne!

Il est vrai que le moment n'était pas propice pour favoriser l'inclination d'un Russe pour une Polonaise; on entrait dans l'année 1791. Le roi lui-même semblait abandonner le parti de la Russie; il allait donner à son peuple cette constitution qui fit tant de bruit, et qui ranima l'espoir des Polonais. Catherine II, entièrement occupée de la guerre de Turquie, ne voyait pas que Stanislas lui échappait; et les Russes, répandus sur le territoire de Pologne, ne s'apercevaient que trop qu'on les regardait déjà comme des ennemis qu'on hait encore, mais qu'on ne craint plus. Cependant le comte Jgor était trop amoureux pour renoncer à ses projets: à vingt-cinq ans les obstacles n'effraient pas encore ; c'est l'âge où l'espérance est parée de tous ses attraits.

CHAPITRE III.

LE jour le plus étonnant dans les annales de la Pologne venait de se lever, on était au 3 mai 1791; une faible lumière éclairait à peine les rues de Varsovie, et déjà elles étaient remplies d'une foule de peuple, trop agitée pour pouvoir se livrer au repos. L'acte constitu-

7*

tionnel qu'il désirait avec tant
d'anxiété depuis trois années venait enfin d'être terminé. On devait le proclamer dans la journée.
Quelle attente que celle de la liberté pour un peuple esclave des
nobles depuis tant de siècles! Chacun s'entretenait avec feu des pri-
viléges qui allaient être accordés,
et chacun aussi mettait dans ses
réflexions une nuance de son caractère. « Nous ne tenions à rien,
» disait un riche marchand; con-
» fondus avec les juifs, nous n'a-
» vions à nous dans notre propre
» pays, que l'air que nous respi-
» rions; maintenant nous aurons
» le droit d'acquérir des proprié-
» tés dans notre patrie; avec quel

» zèle nous défendrons l'héritage
» de nos enfans, le douaire de nos
» femmes!— Et nous, s'écriait un
» jeune militaire, nous ne sommes
» plus destinés à l'obscurité, no-
» tre nom pourra s'écrire dans
» l'histoire, notre bravoure nous
» servira de noblesse pour parve-
» nir à tous les grades. Notre sang
» nous appartient maintenant :
» nous le donnions pour nos maî-
» tres, nous le prodiguerons pour
» notre pays.—Nous devons aussi
» bénir le ciel, ajoutait un jeune
» homme dont le maintien avait
» une grande modestie, que les
» ordres sacrés ne soient plus re-
» fusés à ceux qui sont privés de
» noblesse; chaque homme a sa vo-

» cation particulière, les uns trou-
» vent leur bonheur dans les
» camps, les autres au pied des
» autels. »

Enfin, la nouvelle constitution
fut publiquement connue, distri-
buée, vendue. Elle portait en
somme que : « La religion catho-
lique était déclarée religion du
prince et de l'état, en même temps
le libre exercice de toutes les re-
ligions fut reconnu et proclamé.
On déclara libres les bourgeois des
villes royales; ils obtinrent le droit
d'exercer les emplois et d'envoyer
des députés aux diètes. Ils obtinrent aussi que ces villes royales
fussent admises dans les différentes
juridictions du pays, avec les-

quelles elles étaient dans le cas d'avoir quelque rapport, telles que la commission du trésor, le tribunal des jugemens assessoriaux, les commissions palatinales ou commissions civiles et militaires, etc. etc. Que tout bourgeois ou habitant non noble, pût acquérir des possessions territoriales et en jouir comme les nobles, sans autre distinction que d'être privé de l'entrée aux diétines réservées à ceux-ci. Que tout bourgeois pût entrer dans l'église et dans l'armée, et parvenir dans l'une et dans l'autre aux grades selon son mérite et ses services. Le sort des paysans fut adouci; on proclamait ensuite la souveraineté de la nation, le droit législatif des états, et l'hérédité de la couronne; le trône ne redevenant électif que lors de l'extinction de la famille régnante, on statua qu'au décès de Stanislas Auguste le sceptre serait déféré à l'électeur de Saxe pour être la propriété de sa famille. Chaque nouveau roi devait toutefois prêter serment à la constitution. La nomination de l'ordre judiciaire de première instance et d'appel fut conféré aux diétines. Un tribunal suprême, nommé par les états, fut investi de la connaissance des crimes d'état. D'autres dispositions fixaient les règles particulières à suivre lors des interrègnes et de la régence; enfin, un

article confiait à la nation la surveillance de l'éducation du prince
royal, et un autre article imposait
à l'armée, le serment de fidélité
au roi et à la loi fondamentale. »

Chaque heure augmentait le
bruit et la foule ; tout un peuple
enivré parcourait les rues de Varsovie. On s'abordait sans se connaître : qu'importait-il ? tous ces heureux étaient dans ce moment, amis,
frères, puisqu'ils étaient tous Polonais. On bénissait en même temps
Dieu et le roi de Pologne. Stanislas
venait de réparer toutes ses fautes ;
pourquoi cette action ne fut-elle
pas la dernière de son règne ? Le
peuple confiant qu'il gouvernait
venait de remettre en lui toute

son espérance ; combien il fut trompé !

Dans les momens de tristesse publique comme dans ceux d'allégresse, c'est dans les temples sacrés qu'on se précipite ; c'est là qu'on supplie avec plus d'espoir, ou qu'on remercie avec plus de reconnaissance. Stanislas, après avoir prêté le premier le serment de fidélité à la constitution, avait ajouté : « *J'ai juré par la divinité, je ne m'en repentirai jamais. J'engage tout ce qui est attaché à la patrie à me suivre à l'église pour y prêter le même serment.* » Il trouva l'église encombrée de peuple ; chacun se pressait sur son passage, et com-

blait de bénédictions son nom et
sa conduite; il s'arrêtait de temps
en temps, il mêlait des larmes
d'attendrissement aux larmes qu'il
voyait répandre, il entendait sans
cesse retentir autour de lui ce
cri qui devait pénétrer jusqu'à son
cœur :—Sire, c'est un peuple libre
qui vous bénit, et c'est vous qui
nous avez donné la liberté.

Un grand nombre de personnes
de la haute société étaient réunies
dans une tribune immense qui do-
minait l'église. La Palatine de S***
s'y trouvait avec sa fille; on y
voyait aussi le prince Witold;
son âme était trop noble pour ne
pas applaudir aux changemens
heureux qui venaient de s'opérer

dans son pays; assis à l'écart, il réfléchissait à cette révolution étonnante.

C'est dans une république de gentilshommes, c'est dans un sénat de nobles, pensait-il, que la cause des plébéiens vient d'être gagnée. Quelles forces ont donc la vérité et la justice, puisqu'elles sont admises, écoutées au préjudice de l'intérêt personnel, si habile à prendre leur place! L'humanité vient de conquérir, et foule maintenant sous ses pieds neuf siècles de préjugés et de traditions! — C'est dans une nation, ajouta-t-il, et son visage se couvrit d'une teinte plus sombre, où le fils du palatin et le fils du simple gentilhomme ont des droits égaux au trône, qu'on vient de proclamer l'hérédité de la couronne ! Cette résolution est sage, mais combien de passions s'élèvent contre elle ! Où donc ces hommes d'aujourd'hui ont-ils pris cette abnégation d'eux-mêmes ? O patrie ! c'est dans ton nom. Qu'importe les sacrifices s'ils assurent ton bonheur. Un grand tumulte interrompit les réflexions du prince Witold. Le roi était placé, bientôt régna un profond silence. Un évêque venait d'entonner le *Te Deum* : Witold se leva, et s'approcha de la balustrade. Le hasard le plaça près d'Olésia; trop préoccupé pour l'avoir cherchée, il la vit cependant avec émotion, et bientôt ne s'occupa que d'elle.

Olésia, vêtue avec la plus charmante simplicité, embellie par l'émotion qu'elle éprouvait, semblait plus séduisante que jamais; il y avait sur son visage de l'attendrissement, de la joie, de l'enthousiasme; elle se trouvait heureuse et fière du bonheur de sa nation. Witold lisait sur ses traits expressifs tout ce qui se passait au fond de son cœur, et comme le sien battait en reconnaissant la plupart de ses propres sentimens! Cette sympathie fait un des plus grands charmes de l'amour : Witold s'y livrait avec délices, il parlait peu; ses regards étaient si bien compris !

Chaque strophe du *Te Deum* était suivie d'un repos, remplacé par la plus brillante musique militaire. Olésia lisait les strophes dans son livre de prières, puis le fermant à demi, ses regards erraient sur la majestueuse assemblée qui se trouvait au-dessous d'elle. Les sénateurs, des évêques, des nonces entouraient l'autel sur lequel ils venaient de prêter serment. Des drapeaux conquis sur l'étranger flottaient au-dessus de leurs têtes, et le roi dominant son peuple voyait sur tous les visages un bonheur qui lui était dû. Lorsque le *Te Deum* fut terminé et

que le roi se disposait à se retirer,
de nombreux cris se firent entendre; Stanislas Auguste était debout, il saluait avec cette grâce,
cette affabilité, cette aisance, qui
le distinguaient éminemment. Son
beau visage éclairé par mille bou-
gies semblait entouré de toute la
gloire de ce jour. Sa bouche sou-
riait, et ses yeux étaient encore
humides des larmes qu'il avait
répandues. — Ah! dit Olésia en
se penchant vers le prince Witold, si son cœur est vraiment
ému, il y a dans ce jour des le-
çons pour tout un règne. Witold ne répondit que par un sourire; il ne voulait pas la désen-
chanter; mais il connaissait trop

la faiblesse du roi, pour attacher
à cette belle journée de grandes
espérances. Cependant, il était
entraîné malgré lui ; il y a quelque chose de si solennel dans ces
assemblées nationales, où le monarque, les grands, le peuple se
trouvent confondus parmi la majesté des cérémonies religieuses,
adressant au même Dieu le même
encens et les mêmes vœux! On
croit voir une chaîne nouvelle se
former et les lier ensemble, et
l'on prononcerait anathème sur
celui qui oserait la briser.

Lorsque le roi traversa l'église,
il retrouva l'enthousiasme qui l'a-
vait accueilli à son arrivée. Les vi-
traux de l'ancienne basilique fu-

rent ébranlés par les cris de la joie, l'air en fut agité, la flamme des cierges monta plus brillante vers la voûte, et l'aigle noir des drapeaux conquis, vieux témoin de la gloire polonaise, semblait par les ondulations de l'étoffe qui souvent le cachaient à la vue, voiler ses craintes et sa confusion.

Au cri de vive Stanislas! vive la constitution! quelques voix dans leur pieux enthousiasme ajoutèrent ces paroles: « Que la Pologne soit bénie de Dieu! » Olésia sentit dans ce moment combien l'amour de la patrie est profondément gravé dans l'âme; quoique ce cri fût particulier à l'idiome et à l'esprit polonais, et qu'elle l'eût entendu souvent, elle en fut frappée pour la première fois de sa vie. Tandis qu'elle le répétait dans son cœur, ses yeux cherchèrent ceux du prince. Elle vit sur la joue du stoïque Witold briller une larme solitaire ; alors, sans se rendre compte de son mouvement, elle tendit une de ses mains au prince comme pour le remercier; Witold prit cette main qu'il serra en silence dans les siennes, tandis qu'Olésia essuyait son visage mouillé de pleurs.

Le soir, la ville fut illuminée, le peuple remplissait toujours les rues et se livrait à l'allégresse. Il y avait bal au château. Plusieurs dames, avant de s'y rendre, pas-

7*

sèrent la soirée chez la Palatine,
elles étaient en grand costume de
cour; au milieu d'elles, Olésia,
qui n'avait point encore été présentée, avec sa robe de mousse-
line et ses cheveux simplement
noués, paraissait appartenir à un
autre monde. Le comte Ladislas la comparait à une nymphe
qui venait de descendre du mont
Ida. Chacun s'entretenait de la
nouvelle du jour; et l'imagination
des littérateurs s'en était déjà emparée. Les tables du salon de la
Palatine étaient chargées de papier, de plumes, d'encriers; et
des poètes, dont les degrés de talent n'étaient peut-être pas aussi
nombreux que s d egr és de no-

blesse, couchés à demi sur des sofas, écrivaient et livraient à des juges complaisans des productions qui n'auraient pu vivre hors de l'atmosphère d'un salon.

Pendant que l'improvisateur déclamait le produit de son enthousiasme, que le compositeur lisait le fruit de son travail, que le mélomane, penché sur un piano, cherchait le chant et l'accompagnement de la romance qui venait d'être récitée, Witold et Olésia s'étaient retirés près d'une fenêtre.

Tout rentrait peu à peu dans le silence; l'illumination qui avait remplacé le jour, était remplacée à son tour par la lueur brillante

des étoiles. De l'autre côté de la
Vistule, dans le faubourg de Pra-
gue, on entendait de temps en
temps la décharge d'un mousquet.
On voyait des feux allumés sur
le rivage et de grandes ombres
s'agiter à l'entour. Le cri du jour,
vive la constitution! était encore
répété par quelques voix fatiguées;
mais, semblables à ces corps éloignés qui réfléchissent lentement
les rayons sonores, ces voix comme de faibles échos, mouraient
promptement dans les airs.

— Ce peuple est si heureux,
dit Olésia au prince Witold
après avoir contemplé un instant
la scène qui se passait autour
d'elle, qu'il ne peut se livrer au

sommeil; il ne s'aperçoit pas dans son ivresse qu'il célèbre encore un jour qui déjà n'est plus.

—Ah! qu'il le prolonge le plus possible, dit Witold avec émotion, car ses beaux jours sont comptés.

— Vous êtes affligeant. Où donc avez-vous pris cette triste défiance de l'avenir?

— Il est des secrets qu'on n'oserait apprendre.

—Par philantropie sans doute?

— Oui, répondit Witold en souriant, et par philantropie vous devriez toujours confier les vôtres; vos pensées secrètes doivent être si remplies de douceur et de

pureté qu'elles en pénétreraient
nos âmes.

— Mes pensées secrètes, dit
Olésia en rougissant un peu, je
n'en ai point. Puis elle ajouta
plus vite et sans donner au prince
le temps de lui répondre, J'aimerais mieux communiquer aux
personnes qui vivent près de vous
le secret de celles dont je suis entourée, car c'est le secret de rendre heureux. Il est impossible,
ajouta-t-elle avec cet abandon qui
lui donnait tant de grâces, d'avoir
une existence plus fortunée que
la mienne; quelquefois j'en suis
effrayée, il me semble qu'il y a
à mon égard quelque méprise du
sort dont je serai obligée de ren-

dre compte. Chacun se plaint, et je n'ai que des actions de grâces à rendre; aussi je suis presque honteuse lorsqu'on me donne des louanges je n'en mérite pas plus, dit-elle en jetant un regard touchant sur sa mère, que ce morceau de terre oriental qui devait tout son parfum au voisinage de la rose. Les personnes qui assurent que je suis douce, ajouta-t-elle en souriant, ignorent que je n'ai jamais été contrariée; et si je ne suis pas défiante, c'est que je n'ai pas encore été trompée.

— Ah! dit le prince Witold avec un accent qu'on aurait pu croire prophétique, vous ne le serez jamais!

CHAPITRE IV.

DEPUIS plus de deux ans le prince Witold était amoureux ; il n'en avait point encore fait l'aveu, à peine se l'avouait-il à lui-même. Jaloux d'imprimer la marque de sa volonté sur tout ce qui lui présentait de la résistance, il avait contraint le sentiment lé plus indomptable à ne point sortir de son cœur; mais ce sentiment ressemble à la flamme qui franchit ou dévore les obstacles qu'on lui oppose, qui s'agrandit et s'alimente des efforts qu'on réunit pour la détruire. Fatigué, non de combattre, mais de l'inutilité du combat, il s'avouait enfin vaincu. Né pour l'ambition, les honneurs, le tumulte des armes, le travail du cabinet, bien plus que pour l'amour, il s'affligeait de sa faiblesse. Jusqu'alors il avait pensé que l'amour dans une âme forte était une passion secondaire, assez douce pour séduire, mais pas assez puissante pour s'élever au-dessus des autres et les dominer. Lorsqu'Olésia parut dans le monde, il fut ébloui de cette réunion de charmes, de talens et de grâces, joints à la modestie la plus touchante et à la plus parfaite bonté : son orgueil lui persuada que tant de perfections avaient été créées pour lui seul; il se dit : elle sera ma femme; et jetant sur elle un regard de maître, il eut l'air d'apprendre à ses nombreux adversaires qu'il se croyait digne de la victoire. Depuis, dédaignant la route battue, il essaya de plaire en n'employant que le langage de la raison; il parvint à inspirer à Olésia l'estime la plus sincère pour son caractère, et dès lors il se crut sûr du succès.

Pour employer le langage du monde, Olésia n'était pas un des premiers partis de la Pologne. Le Palatin de S*** appartenait à une famille plus illustre que riche; un de ses ancêtres s'était ruiné sous le règne fastueux et rempli d'orages de Frédéric-Auguste. Il avait suivi ce prince dans toutes les vicissitudes de sa fortune, et ses richesses s'étaient écoulées à le secourir dans des guerres malheureuses, et à briller pendant la paix parmi le luxe de sa cour. Dès cette époque les comtes de S*** s'étaient soutenus par leur nom et de grandes charges, et s'étaient toujours attachés au monarque, parce qu'ils en avaient toujours eu besoin. La famille du prince Witold, au contraire, ayant accumulé pendant des siècles, des titres, des honneurs et des richesses, montrait au gouvernement une position redoutable par son indépendance, à la haute noblesse une supériorité de luxe et de prétentions faite pour indisposer des égaux, ou les éblouir malgré eux, et aux mécontens un point de réunion, des protections, un refuge. Le dernier chef de cette famille, le père du prince Witold, avait montré dans toute sa conduite politique une grande sagesse. Dans ce temps, être opposé au gouvernement c'était être opposé à la Russie; il n'avait donc pu donner son

approbation aux actes émanés de
Stanislas et dictés par Catherine;
mais tandis qu'on pouvait le ran-
ger parmi les mécontens, et qu'ils
le regardaient en effet comme un
de leurs chefs, il était encore in-
visiblement le médiateur des deux
partis. On craignait à la cour son
regard perçant et sévère, auquel
nulle faute n'échappait, qui semblait planer sur les-décisions du
conseil, et les frapper silencieuse-
ment de son mépris ou de ses me-
naces. D'un autre côté il connaissait les horreurs des guerres civiles, et tempérait par sa prudence
l'impétuosité d'un parti qui les
eût préférées à un joug humiliant.
Ainsi par sa modération et sa vi-

gilance il épargna peut-être des
fautes à Stanislas et des remords
à ses concitoyens. Mort depuis
quelques années, son nom, sa
fortune et son importance politique avaient passé à son fils unique.
Il ne pouvait être mieux remplacé.

Trop jeune encore pour exercer une grande influence, le prince
Witold ne semblait point le rechercher, il attendait tout du temps.
Possesseur de terres immenses
dans une des plus grandes provinces de la Pologne, toute la noblesse de son Palatinat lui était
dévouée. Fier à la cour, simple
sans familiarité avec ses égaux, il
était bon et juste envers ses infé-

rieurs. On vantait son caractère
sûr, la noblesse de ses manières, le
grand état de sa maison, ouverte
généreusement à toutes les classes.
Centre d'un nouveau système,
chaque jour amenait dans son at-
traction de nombreux satellites. Il
amassait en silence toutes ces ressources pour l'avenir. C'était sur
ce jeune homme, que la nature et
la fortune s'étaient plû à rendre
remarquable, qu'une famille ambitieuse réunissait toutes ses espérances. Issu par sa mère d'une
maison souveraine d'Allemagne,
on avait pendant son enfance
formé le projet de réunir, une seconde fois, ces deux familles, dont
les années et des événemens multi-

pliés avaient séparé les intérêts. En
allant en France avec le comte Ladislas, il séjourna quelque temps
à la petite cour de ***, dont son
grand-oncle était le souverain. Le
gouverneur de Witold, qui connaissait les projets de sa famille,
vanta avec beaucoup d'adresse la
fraîcheur et les grâces de deux
jeunes princesses, petites-filles du
vieux duc, et sous divers prétex-
tes prolongeait son séjour près
d'elles. Le comte Ladislas, qui n'é-
tait instruit de rien, bouleversa
étourdiment tout ce plan. Ennuyé
au dernier point du flegme germa-
nique, de la sévère étiquette de la
petite cour de ***, excédé de l'in-
sipidité de ses chasses, de là len-

teur de ses cochers, il s'unit à son ami pour demander une audience de congé; et le prince Witold quitta la résidence de *** comme un voyageur peu curieux quitte le matin l'asile de la veille, sans chagrin, sans regrets, sans y attacher un seul souvenir.

A l'époque où nous sommes arrivés, Witold avait atteint sa vingt-cinquième année. Accablé sous le poids d'un sentiment qu'il n'avait point encore connu dans toute sa force, il résolut de mettre fin le plus promptement possible à ses inquiétudes, et de prendre un parti décisif. La princesse sa mère était absente; il lui écrivit l'irrévocable résolution qu'il avait

prise, de demander en mariage la
fille de la Palatine de S***. Il était
sûr que son projet ne serait ap-
prouvé d'aucun membre de sa famille, mais qu'on n'oserait refuser
un consentement. Depuis nombre
d'années le prince Witold n'agis-
sait plus que d'après sa propre im-
pulsion ; il était doué d'un jugement sain, et d'un sens très-droit.
Il réfléchissait long-temps sur un
projet, et lorsque toutes les chances
étaient calculées, il marchait au
but sans craindre les obstacles ; sa
volonté les avait vaincus d'avance.
De même qu'on se sert de certaines formules dont on ne reconnaît point la validité, de même le
prince Witold soumettait tous ses

projets à sa mère; il écoutait ses décisions avec le plus grand respect, et lorsqu'elles étaient contraires à ses desseins, il déclarait avec le même respect qu'il ne pourrait les suivre. La princesse satisfaite des formes, et instruite par l'expérience à apprécier l'ombre même du pouvoir, donnait souvent avec un air digne et important, un assentiment dont elle s'avouait intérieurement toute la nullité.

Witold attendit donc la réponse de sa mère, puis immédiatement après l'avoir reçue, il se rendit chez la comtesse G***, mère du comte Ladislas. Cette dame étoit en même temps alliée

à sa famille et parente de la Palatine de S*** ; il lui confia son secret, et la pria de demander en son
nom la main de la jeune comtesse
Olésia. La comtesse G*** fut flattée
de la préférence de Witold ; ils
convinrent ensemble qu'on lais-
serait écouler les fêtes qui devaient
se passer à Willanow ; et qu'au
retour de la Palatine, qui se trouvait alors dans ce château, elle se
rendrait immédiatement chez elle.

En quittant la comtesse, Witold songea que cette dame n'avait
rien de caché pour son fils, et
qu'elle lui confierait probablement le secret qu'elle venait d'apprendre ; il se vit dans la nécessité
de l'instruire lui-même, et monta

chez son ami. Les visites de Witold étaient rares, et Ladislas fut
aussi surpris qu'enchanté. Il était
à moitié couché sur un sofa, enveloppé dans une immense robe
de chambre de taffetas des Indes,
dont le dessin représentait tout
un village chinois. D'une de ses
mains, il tenait une énorme perruque, dont la forme et les boucles allongées rappelaient un siècle qui, dans ses modes, s'approcha autant du mauvais goût qu'il
s'approcha de la perfection dans
sa littérature. L'autre main du
comte Ladislas était employée à
retourner les basques d'un habit
dont la coupe appartenait au même
siècle que la perruque; car il se

disposait à jouer dans la fête de
Willanow le vicomte de Jodelet
des Précieuses Ridicules.Un de ses
pieds, chaussé d'une pantoufle de
maroquin jaune, récemment arrivée de Constantinople, était
étendu sur le divan, tandis que
son autre jambe était entre les
mains de son valet de chambre,
qui s'occupait à la botter.

A l'arrivée du prince Witold,
Ladislas se leva, renvoya le tail-
leur, le coiffeur et le valet de
chambre, et s'approchant de son
ami avec la politesse et la franchise qui accompagnaient toutes
ses actions, il lui témoigna le plaisir qu'il éprouvait à le voir.

— J'ai aperçu votre voiture

dans la cour, dit Witold; vous
allez sortir et je ne veux point
vous déranger; j'ai quelque chose
d'important, il est vrai, à vous confier, mais ce secret ne demande
que quelques minutes; écoutez-
moi donc, et je vous laisse.

Le mot d'important dans la
bouche du prince Witold fit fré-
mir Ladislas; il songea qu'il ne
pouvait être question que d'affaires politiques, et le prince Witold était prolixe sur ce point.
Dans ce moment, il n'y avait d'important pour Ladislas que la fête
de Willanow et le rôle du vicomte de Jodelet; il résolut d'é-
viter la confidence, et sans s'occuper de répondre à son ami:

— Prince Witold , dit-il avec cette légèreté qu'on lui pardonnait plus qu'à tout autre , vous savez que je joue le vicomte de Jodelet dans les Précieuses Ridicules, mais vous avez totalement oublié que vous vous étiez chargé d'Achille dans Iphigénie ; je suis sûr que vous ne savez pas votre rôle.

— Le rôle d'Achille! je le sais depuis quinze ans.

— Cela se peut, mais je vous avertis que Clytemnestre se plaint de votre négligence ; vous manquez toutes les répétitions ; la douce Iphigénie n'ose vous accuser, mais elle est bien froide et bien distraite, lorsque s'adressant

au comte de L*** qui lit tous les
jours votre rôle, elle lui dit :

Croyez qu'il faut aimer autant que je vous aime :

— Eh bien! dit Witold, que
ces mots venaient de décider ; si
par hasard vous aviez l'intention d'aller à Willanow ce matin,
et que vous voulussiez me donner
une place, nous ferions la route
ensemble.

— Ah! c'est charmant, dit Ladislas, voilà qui est décidé, je vais
m'habiller. Au même instant il
sonna, et jeta sa robe de chambre
sur un sofa.

Witold s'empara d'une des
manches de cette robe de chambre, et dit : —Voilà une merveille

8*

chinoise que vous devriez faire
mettre dans votre voiture ; nous
l'emporterions à Willanow.

— Et pourquoi?

— Pour l'offrir au comte Stanislas P...; ne savez - vous pas
qu'il professe le goût le plus décidé pour tous les objets arrivant
de la Chine?

— Je me le rappelle ; mais moi,
je professe le goût le plus décidé
pour tous les objets nouveaux,
et cette robe de chambre n'a que
deux jours ; je ne puis en faire le
sacrifice.

—Elle est réellement originale.

— Vous en parlez bien légèrement ; c'est un chef-d'œuvre,
dit Ladislas en s'approchant, suivi

de son valet de chambre qui lui présentait un habit; puis posant le doigt sur tous les objets qu'il nommait, en prenant un air sérieux, il ajouta : — Si vous aviez été en Chine, seigneur, vous reconnaîtriez un fameux village chinois de la province de Quang-tong, agréablement situé sur le fleuve Pékiango. Ce fleuve est couvert de barques remplies de rameurs, dont les efforts se dirigent vers des kioskes plus ou moins élégans qui bordent le rivage; vous voyez la mer dans le lointain, et les hautes montagnes qui séparent la province de Quang-tong de la province de Kiang-si.

— A merveille! dit le prince Witold ne pouvant s'empêcher de rire; c'est une robe de chambre géographique. — Oui, nous en avons tous, excepté vous.

—— Elle me rappelle que j'ai vu sur le mouchoir de poche d'un baron allemand, son château, son parc et son orangerie.

—Ah! le village chinois ne m'appartient pas; mais je vous avertis que le mot de robe de chambre est suranné, condamné et remplacé par celui de *mandarine*. La forme est changée ainsi que le nom.

— Je vous rends mille grâces, j'ignorais tout cela. Mais dites-moi, je vous prie, sont-ce des mandari-

nes que la princesse ****, Mme de
B., la comtesse Th...., et beaucoup
d'autres, portent le matin?

—Positivement; c'est en même
temps commode et gracieux.

—Commode, je vous l'accorde,
mais gracieux! ces dames seraient
tout aussi gracieuses enveloppées
dans leurs couvertures.

— Que voulez-vous! s'écria le
comte Ladislas en achevant sa toilette; la mode est capricieuse, bi-
zarre et tyrannique.

— Celle-ci est défavorable à
toutes les tailles; ma femme ne
l'adoptera jamais.

— Votre femme! voilà la première fois que vous faites une

semblable réflexion. Vous souriez. Oh! que je suis maladroit! voilà, j'en suis sûr, l'affaire importante que vous vouliez m'apprendre; vous allez vous marier.

— Le prince Witold porta ses regards sur les domestiques qui se trouvaient dans l'appartement, et les reportant ensuite sur son ami, il mit un de ses doigts sur sa bouche.

— Rassurez-vous, dit le comte Ladislas; aucun ne comprend le français. Mais je suis réellement ravi, enchanté; ah! je vous prie, ne me laissez pas plus long-temps en suspens; nommez-moi la femme assez sensée pour avoir trouvé grâce devant votre raison. Je lui voue dès ce moment tout le respect que j'ai pour vous.

— Venez, venez, dit le prince Witold moitié riant, moitié embarrassé ; je vous conterai tout cela en voiture.

La route de Willanow n'est pas aussi belle que la plupart de celles des environs de Varsovie, mais elle a quelque chose de pittoresque et de champêtre qui sans exciter l'admiration satisfait les regards. On n'y voit point ce luxe de terrain, mérite illusoire de la plupart des routes du nord, mais on y trouve de l'ombrage. Les branches pendantes du bouleau pleureur, que le plus léger souffle agite, se balancent sur la

tête des voyageurs. Combien de
fois, se mêlant parmi des tresses
blondes, elles couronnèrent la jeunesse et la beauté d'une parure
aussi fraîche qu'elles , aussi
prompte à s'évanouir !

Ce fut sur cette route, que les
deux amis connaissaient si bien,
qu'ils avaient si souvent parcou-
rue, que le prince Witold parla
de ses projets et raconta son
amour. Naturellement discret, c'é-
tait sa première confidence ; il y
trouvait un charme qu'il avait
ignoré jusqu'alors. Pour en jouir
dans toute sa plénitude, il parlait
lentement, d'une manière recueil-
lie. Lorsqu'il prononçait le nom
d'Olésia, lorsqu'il disait :—Je l'ai-

me, il s'arrêtait involontairement, comme frappé de la douceur du son de ces mots. Son ami, quoique bien léger, éprouvait une réelle émotion à l'entendre. Combien, dans ce moment, il sentait la différence d'un véritable amour, à celui qui l'avait occupé jusqu'alors !

— Lorsqu'ils furent arrivés à Willanon leurs regards en même temps cherchèrent Olésia. Ceux du prince Witold se posèrent sur elle avec une expression de tendresse qui l'eût trahi s'il eût été remarqué ; puis, détournant la vue, il conserva cette douce image dans son cœur.

Le comte Ladislas jeta sur Olé-

sia un regard fixe et perçant; on
eût pu découvrir sur son visage
une expression qui lui était étran-
gère, mais il eût fallu être initié
dans le secret qu'il venait d'apprendre pour y distinguer un
peu de dépit et de regret; il se
hâta de reporter les yeux sur les
jeunes filles dont Olésia était entourée, et se demanda, avec une
espèce d'inquiétude, quelle serait celle qui pourrait lui faire
goûter un jour ce bonheur conju-
gal, cette félicité domestique dont
Witold venait de lui montrer
tout le prix.

Willanow, à quatre lieues de
Varsovie, est un des plus beaux
châteaux de la Pologne; situé sur

les bords de la Vistule, ses jardins sont ravissans.

Ce château, qui appartient maintenant au comte P..., fut bâti et habité long-temps par Jean Sobieski. Les appartemens qu'occupa ce brave et grand prince, et l'ameublement qui les ornait de son temps, sont l'objet des soins des propriétaires actuels et de la curiosité des étrangers.

Cependant le jour de la fête était arrivé : c'était le trois mai, le premier anniversaire de cette journée chère aux Polonais. Toute la haute société se trouvait réunie à Willanow. L'allégresse était universelle ; on se reportait en idée au jour qui avait assuré le bon-

heur de la Pologne. Les hommes
disaient avec un noble orgueil:
—Notre pays, notre nation, et par-
laient de l'avenir avec assurance.
Les femmes, si faciles à émouvoir
par les mots de gloire et de patrie,
semblaient embellies par l'espérance qu'on leur offrait. Il régnait
dans cette immense assemblée
cet accord unanime de pensées,
cette douce bienveillance qui
naît de l'harmonie des opinions.
On aurait pu se croire dans une
famille unie par le même intérêt.
Toutes les rivalités, toutes les jalousies étaient suspendues; on
était heureux, on se voulait réci-
proquement du bien. La matinée
et le dîner s'écoulèrent de la sorte,

et tandis qu'en buvant le vin de
Tokai les seigneurs répétaient à
la fin de chacun de leurs toasts :
— *Vive la république de Polo-*
gne! vive la Constitution du trois
mai! les paysans des villages
voisins, rassemblés dans les cours
du château, dansant autour des
feux qu'ils avaient allumés pour
faire rôtir le bœuf ou le mouton
qui leur était échu en partage,
défonçant des tonneaux de bière,
criaient, sans le comprendre, le
vœu de leurs maîtres : — *Vive la*
république de Pologne! vive la
Constitution du trois mai!

Le soir amena d'autres plaisirs,
et réveilla l'amour-propre; le moi
reprit son empire; les lèvres chan-

gèrent de paroles, et les yeux
d'expression; on retrouva le
grand monde et toute sa sipiri-
tuelle malignité, toute sa fausseté
si polie.

La comtesse T..., une des femmes les plus remarquables de la
Pologne par son esprit, son amabilité, possédait à un degré très-
rare le talent de jouer la comédie;
elle avait communiqué ce goût à
ses contemporains, et il se passait
alors peu de fêtes sans que l'ar-
rangement d'un théâtre ne devînt
un surcroît d'embarras pour une
maîtresse de maison.

La comtesse T... désirant prouver qu'elle était favorisée de Mel-
pomène ainsi que de Thalie,

avait décidé qu'à la fête de Willanow, on jouerait Iphigénie ; elle avait choisi le rôle de Clytemnestre, et donné celui d'Achille au prince Witold. Sans avoir un talent remarquable, le prince récitait bien les vers ; sa tournure était noble et aisée : cela suffit sur un théâtre de société pour assurer un plein succès.

Ce genre d'amusement était peu de son goût ; mais porté à la jalousie, il n'eût pu supporter que la douce voix d'Olésia, à qui l'on avait confié le rôle d'Iphigénie, adressât des paroles d'amour à nul autre qu'à lui.

Cette pièce réussit à merveille : la comtesse T... fit éprouver toutes

les sensations déchirantes, que
dáns le même temps Mlle Raucourt,
encore jeune alors, faisait éprouver
à Paris. Le prince Witold se surpassa ; Iphigénie était si jolie
entourée de ces voiles de mousse-
line ! il y avait tant de noblesse
et de candeur dans son maintien,
une si touchante harmonie dans
les différens sons de sa voix !

Enfin ce spectacle , qui avait
exigé tant de répétitions , tant
d'efforts de mémoire , tant de
courses chez les marchands, tant
de battemens de cœur et d'in-
somnies, se termina, et fut bientôt
oublié. On passa dans la salle de
bal ; là chacun devint acteur
d'une scène beaucoup plus gaie,

et plus d'une jeune fille se consola d'avoir été obligée d'applaudir une rivale, en se voyant applaudie à son tour.

Le prince Witold, qui dansait rarement, s'était assis dans un coin du salon. Ses regards suivaient Olésia : une parure élégante avait remplacé les modestes voiles d'Iphigénie ; ses cheveux noirs étaient mêlés d'épis d'or, et de ces grappes pourprées dont la fleur d'automne est le symbole de l'immortalité ; sa robe blanche en était garnie, et sur son corsage un bouquet composé des mêmes fleurs était doucement balancé par l'émotion et le plaisir. On dansait une mazure ; souvent entraînée

avec rapidité, Olésia disparaissait
au yeux de Witold; il se levait
alors, et la suivait dans toutes les
figures gracieuses de cette danse,
qui ressemble à une course légère.
Le comte Ladislas dansait avec
elle, et tenait sa main. Bientôt il
mit un genoux en terre, et, levant
le bras sans quitter la main d'O-
lésia, il aida cette charmante sylphide à voltiger autour de lui, sa
tête se penchant tantôt à droite,
tantôt à gauche; ses regards en-
chantés la suivaient; puis, se rele-
vant et passant son autre bras autour de sa taille, il l'entraîna tandis
qu'un autre couple commençait la
même figure.

Un froid mortel avait circulé

dans les veines de Witold; au milieu de ces êtres enivrés par le plaisir, il sentit son cœur se glacer; et songea pour la première fois qu'il régnait dans cette danse nationale un abandon et une volupté qu'un spectateur sévère aurait le droit de condamner. Mécontent de lui-même et d'Olésia, il quitta cette salle de fête si peu en harmonie avec ses pensées.

En traversant le salon, il jeta machinalement un regard sur la comtesse Eléonore, et fut frappé de l'expression de son visage; les yeux de cette dame, naturellement fort grands, semblaient agrandis encore par une force surnaturelle; il y avait entre le rouge artificiel

de ses joues et la pàleur de ses
lèvres, un contraste remarquable;
ces lèvres fort minces se serraient
l'une contre l'autre avec violence;
et les coins baissés de sa bouche
décelaient en même temps la colère et le dédain. Trop préoccupé
pour donner une grande attention
à cet incident, Wiltold alla errer
dans les jardins; une partie en
était éclairée. Des valets occupés à
tendre des tables et à les servir
(car on devait souper dans le parc)
s'appelaient, se répondaient, s'a-
gitaient dans toutes les avenues.
Fatigué de ce nouveau bruit, et
ne voulant pas s'éloigner, le prince
rentra dans la salle de bal. Ses regards cherchèrent aussitôt l'objet

qui l'occupait uniquement. Il aperçut Olésia près de sa mère; la Palatine, les bras levés, semblait s'occuper de la coiffure de sa fille. Tout à coup deux longues tresses noires et brillantes tombèrent sur des épaules éblouissantes de blancheur; on revêtit Olésia d'un tablier de gaze ponceau, et l'orchestre commença une cosaque.

Le prince Witold devina que la Palatine n'avait pu résister aux prières qui lui avaient été adressées, et que sa vanité de mère avait encore consenti à rendre sa fille l'objet des regards et de la curiosité. Les bras croisés et un sourire ironique sur les lèvres, il suivit des yeux tous ces jeunes gens qui se précipitaient sur les traces d'Olésia.—Regardez-la, dit-il intérieurement, admirez-la, c'est pour la dernière fois.

La cosaque était commencée. Le pied charmant d'Olésia indiquant la mesure avait déjà frappé trois fois la terre, tandis que sa taille aérienne, se balançant avec grâce, se penchait plus longtemps vers le côté qui marquait le bruit; ses mains tenaient les extrémités du tablier de gaze, et ses yeux, suivant le mouvement de sa taille, se portaient de temps en temps vers le comte Ladislas, qui dansait avec elle.

Parmi tous ces hommes, admirateurs passionnés de la jeunesse

et de la beauté, Witold était le
seul silencieux, et ces concerts de
louanges amassaient un poids sur
son cœur; il souffrait, et la conduite de Ladislas lui semblait inconcevable.—Comment, se disait-
il dans l'excès de sa jalousie, peut-
on trahir aussi légèrement l'amitié, après la confidence que je lui
ai faite? Il ne l'a point quittée de
la soirée, et la poursuit de ses
regards. Elle semble presque lui
répondre.

Dans ce moment Olésia passait
devant Witold; elle ne dansait
plus, elle marchait; le balance-
ment de sa taille et son pied frappant encore légèrement la terre
indiquaient seuls qu'elle suivait

la mesure. Son maintien annon-
çait l'abattement; ses mains étaient
croisées sur sa poitrine, sa tête
penchée, ses yeux baissés ; mais
en passant devant le comte Ladislas , cette tête charmante se
releva ; ses grands yeux noirs se
fixèrent sur lui ; elle continua
de marcher, mais sa tête restait
tournée vers le comte Ladislas,
et ses yeux ne le quittaient pas;
puis, comme si elle voulait cacher ce mouvement à des témoins
jaloux , à des regards indiscrets,
saisissant une des extrémités de
son tablier de gaze, elle l'éleva
un instant au niveau de sa tête,
jeta sur son danseur un dernier
regard, rempli de regrets et de

mélancolie, et se retrouva bientôt
à sa place, les mains croisées sur
sa poitrine, la tête inclinée, les
yeux baissés. Cette pantomime fut
jouée avec tant d'expression, de
grâce et de naturel, que le prince
Witold, hors de lui, s'écria d'une
voix déchirante :— O mon Dieu !
elle est donc coquette?—Des ap-
plaudissemens couvrirent ces paroles. Il se souvint alors qu'il
avait vu mille fois danser la cosaque avec indifférence, que les
figures étaient toujours les mêmes,
et que son cœur seul avait changé.

Cependant les salons deve-
naient peu à peu déserts; on se
portait en foule dans les jardins;
c'était l'heure du souper. Olésia

9*

et plusieurs jeunes personnes admirèrent en passant dans le vestibule une statue équestre de Jean Sobieski. Le statuaire, bon Polonais, avait habilement reproduit dans l'expression de son héros la bravoure, le génie et la fierté du vainqueur, tandis que le groupe de Turcs écrasés sous les pieds de son coursier montraient le désespoir, la rage, l'humiliation de la défaite. Toutes ces jeunes personnes, encore remplies de l'histoire de Pologne, se rappelaient les principaux traits de la vie du vainqueur des Ottomans. Une d'elles répéta les paroles de ce prédicateur allemand, après la délivrance de Vienne, et dit avec enthousiasme : — *Il fut un homme envoyé de Dieu, qui s'appelait Jean.* — Oui, répondit le comte Ladislas d'un air solennel et sombre, il y eut quelque chose de surnaturel dans la mission de ce roi. Il fut grand, il humilia un puissant empire, mais il s'humilia lui-même devant une femme. Marie d'Arquin subjugua le conquérant, et cette faiblesse causa toutes les fautes qui ont terni la fin de son règne. Jeunes Polonaises qui m'écoutez, peut-être une de vous est destinée à monter sur le trône de Pologne ; n'imitez pas l'ambitieuse Française ; régnez dans le gynecée, mais que votre sceptre ne s'étende ni sur l'armée,

ni sur le conseil. Jean Sobieski
expie cruellement sa faiblesse. Si
la Pologne est pleine de son souvenir, ajouta le comte Ladislas
d'un air encore plus sombre, ces
lieux le sont de sa présence; son
ombre malheureuse est condam-
née à revoir chaque nuit le palais
où il fut asservi, jusqu'au temps
où sa patrie, libre de cohortes
étrangères, protectrice de ses voisins au lieu d'en être protégée,
aura recouvré les provinces qui,
dans les beaux jours de son règne,
obéissaient à sa puissance.—Cette
plaisanterie fit rire, mais ce ne
fut que quelques heures plus tard
qu'on en comprit le but.

Bientôt les jardins offrirent un

aspect enchanteur. Les femmes
seules étaient assises autour de
tables servies avec autant de somp-
tuosité que d'élégance, et les
hommes, avec cette galanterie si
habituelle aux Polonais, préve-
naient leurs moindres désirs.

Le prince Witold, s'abandon-
nant à sa rêverie, s'était un peu
éloigné de la foule. Assis près
d'un arbuste qui le cachait de ses
rameaux, il pouvait tout voir sans
être remarqué. Ses yeux ne quittaient pas Olésia; mais ce n'était
plus ce regard d'amour qui le matin encore se reposait sur elle
rempli d'espérance et de douceur;
c'était un cœur souffrant et in-
quiet de l'avenir, qui lui adres-

sait de silencieux reproches. Assis
presque en face d'elle, il ne l'a-
vait jamais si attentivement ob-
servée, et le peu de rapport qui
dans ce moment existait entre
eux, l'agitait douloureusement.
Il se demanda pour la première
fois s'il était aimé; car la confiance
qu'il avait nourrie jusqu'alors venait de l'abandonner tout à coup.
Cette idée fit dans son esprit des
progrès aussi rapides qu'une étin-
celle jetée dans un élément com-
bustible; elle s'en empara tout
entière, et sa crainte devint une
conviction.

Il regardait avec une inquiétude toujours croissante ce visage ravissant, où semblait se ré-

fléchir le bonheur, ces grands
yeux noirs remplis de l'expression de la légèreté et du plaisir,
ces lèvres charmantes, embellies
par le plus gracieux sourire, et
que la gaieté entr'ouvrait à chaque
instant. Il y avait dans tout l'ensemble d'Olésia quelque chose qui
rappelait ces enfans heureux, bons,
quoique gâtés par leurs mères, et
qui ne savent point encore ce que
c'est que le chagrin. — Il ne lui
manque rien, se dit-il; et il hé-
sita un instant s'il devait changer le cours de cette destinée
qui paraissait devoir être exempte
de toute peine.

FIN DU PREMIER VOLUME.